刑事ぶたぶた

矢崎存美

徳間書店

CONTENTS

009　第一章　不死身の男
041　第二章　「ラパゥランドへ行って」
087　第三章　帰りたがる犬
129　第四章　思い出せない女
153　第五章　本当に起こっていること
187　第六章　いくつかの告白
211　第七章　完璧な囮《おとり》
263　第八章　読まれない手紙
297　第九章　彼女の代理人
325　第十章　幻のぬいぐるみ
338　あとがき

彼女は、電車に乗っていた。

午後の、ちょうど眠くなる時間帯——車内には人もまばらで、みな思い思いにその眠気に身をまかせているように見える。

そんな中で、彼女だけは目を見開き、窓から差し込む光、飛び込んでくる風をしっかり受け止めていた。

光は洗われたかのごとく真っ白で、風は桜色をしていた。ああ、そういえば、昔はこんなふうに感じたこともあったのだ。

春は何年も訪れているのに、それを素直に感じられなくなって、どれくらいたったろうか。

ある時から、春は彼女にとってつらい季節になった。独りぼっちになったこと。長い間悩み、ようやく振り絞った勇気を裏切られたこと。自分のことを、みなが忘れてくれるように願ったこと——それらは、全部春に起こったことだ。

季節のない国に行って、春を思い出さないようにしよう——そう思って、本当にそんなふうに暮らしてきたけれども……それなのに、どうして戻ってこようとしたのだろう。楽しかった思い出は、ほんの少ししかないのに。

もう一度、こんなふうに春を感じることができるなんて、予感できたろうか。

窓の外に、海が見えてきた。鏡のように静かな海だ。

海に反射した日射《ひざ》しがまぶしくて、暖かくて、彼女は思わず目を閉じる。

再び目を開けると、目の前に年輩の女性が立っていた。電車の窓に、日除《ひよ》けを降ろしてくれる。

「かわいいですね」

彼女が抱く幸せの源に、顔を近づける。

「男の子？　女の子？」

「女の子です」

「そう。ほんとにかわいい。お母さんによく似てるわ」

彼女と見比べて、女性はにっこり笑った。

本当に似ているのかもしれないが、それはきっと、この子が眠っているからに違いない。

でも、うれしかった。そんなことは絶対にないと思いながらも、もしかしてそうなのかもしれない、と彼女はつかの間の歓《よろこ》びに酔う。

この子の母親は、自分なんだ。今までの、春を恐れる自分はもうどこにもいなくて、ただこの子を愛するためだけに生きている。

春の訪れとともに、自分は生まれ変わっていた。春にそんな幸せなことが起こるなんて、思ってもみなかった。

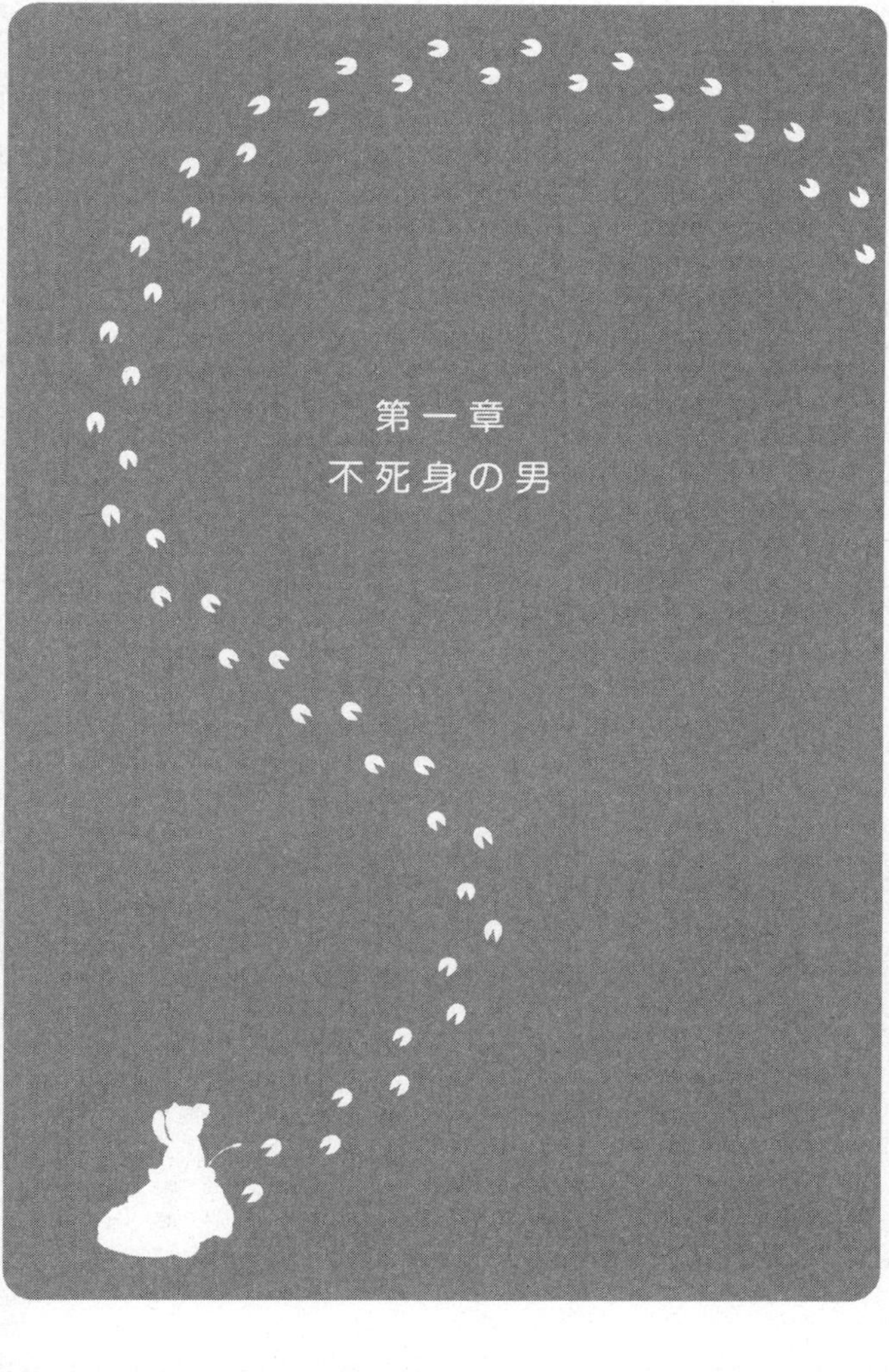

第一章
不死身の男

1

いわゆる〝刑事〟となって初めての朝、立川英晃《たちかわひであき》は今までとはまったく違った緊張に身をまかせて、所轄の春日《かすが》署へ向かっていた。

この日のためにスーツを新調した。店の人が言っていたとおり、スマートに見える——ような気がするものだ。交番勤務の頃よりだいぶ減量したし、自分では理想に近い体型になったと思っている。少しは刑事らしく見えるだろうか。刑事らしくってよくわからないが。

警察署の脇《わき》の道を歩きながら、そんなことをまた考える。さっきから何度も同じことを、くり返し考えているのだ。

立ち止まって、深呼吸をする。そしておもむろに、これから入る建物を裏から見上げた。今日からここに、〝刑事〟として勤めるのだ。何だか嘘《うそ》みたいだった。

小さい頃から刑事ドラマを見て育ち、あこがれではあったが、それを自分が選ぶとは思わなかった。だいたい、大学を卒業して、どうして警察に入ったかも、もうよく憶《おぼ》えていないのだ。魔が差したとしか思えない。

同期や先輩の中には、刑事になることを切望していた人もいたので、自分のような考えなしがこうしていることに、罪悪感すら感じる。試験に落ちた先輩に、涙をためた目で見上げられた時はどうしようかと思った。「こんな、のほほんとしたやつに」と訴えていたから。でもそこで「ごめんなさい」とか言ったら、殺されていたかもしれない。

仕事はとても好きだ。ただ、自分がこれから何をしたいのかがよくわかっていない。したがって、今の気持ちを正直に言うとしたならば、〝緊張〟というより〝困惑〟なのであった。どんな人と一緒に仕事をするのか不安だし……と小学生のようなことを思う。

それに、この署に配属されることを、世話になった警察学校の教官に報告したところ、こんなことを言われたのだ。

「ああ、あそこは変なところだから、気をつけろ」

それを真顔《まがお》ではなく、にやにや笑いながら言われたのが気になる。いったい、ここに何があるというのか。

――などの不安を裏づける雰囲気《ふんいき》は、その建物には微塵《みじん》もなかった。ごく普通の、立派でもみすぼらしくもない警察署のたたずまい。新しくもなく、古くもなかった。住宅を中心にした都下に近い、犯罪発生率が多くも少なくもない区の、ごく普通の警察。

立川は、ため息を一つついて、歩き出した。早く正面に回って入らなければ。ぐずぐずしているヒマはない。せっかく余裕を持って来たんだし。

その時、何だか気になるものが目の端《はし》に止まった。

気にせず入ろうとしたのだが、どうしても目がそれを追う。

人影が、警察署の裏の駐車場にたたずんでいる。髪は短いが、肩の線は女性らしい。服装からすると、鑑識の人間だろう。

彼女の前の地面の上では、ラジコンカーが走っていた。ぐるんぐるん何度も何度も回りながら、狭い範囲を走っている。

よく見ると、そのラジコンカーの上には、ぬいぐるみが座っていた。薄いピンク色のぶただ。突き出た鼻と、黒ビーズの目と大きな耳。手足の先には、濃いピンク色の布が貼《は》ってあり、しっぽには小さな結び目がついていた。

ラジコンカーは、まるでそのぬいぐるみが運転しているかのようだった。とてもかわいらしい。思わず笑みがこぼれる。

仕事の合間に、息抜きしているのだろうか——。ラジコンカーと愛らしいぬいぐるみの落差が面白い。ぬいぐるみが乗れるように改造しているようだが、それも自分でやったのか。

少し気分が落ち着いて、立川は歩き出そうとしたが——再び足が止まる。

女性の後ろ姿は、先ほどとは少し変わっていた。彼女は、後ろで手を組んでいる。

後ろで手を組んでる？

では、あのラジコンは、誰が操縦しているのだ？

しかし、周辺には他に人影はない。

ラジコンは、相変わらずぐるぐる回っている——と思ったら、突然きゅっと止まった。

ああ、止めたのか、と思う。多分、コントローラーは首から下げたりしているのだろう。

立川はそう思って、再び歩き出した。ラジコンに乗っていたぬいぐるみが、独りでに地面に降りて、あろうことかよろけたような気がしたが、もう振り返らなかった。本当に急がなければならない時間になっていた。


立川が配属されたのは、刑事課の捜査三係——盗犯係だ。

「まあ、いろいろあると思うけど、よろしく頼むよ」

何とも大ざっぱな言い方をするのは、課長の本西《もとにし》警部である。

「はい。こちらこそよろしくお願いします」

「しばらく先輩について教えてもらうように。いい勉強になるよ、いろんな意味で」

何の変哲もない言葉だったが、そう言った時の本西の顔が——なぜか学校の教官に見えて仕方がなかった。一番気になったのは笑い方だ。期待されているのだろうか……。違うような気がするが、一応そう思っておこう。

「それじゃ、君島《きみじま》くん」

本西に呼ばれて、やせぎすな男が立ち上がった。

「彼が盗犯係の係長。あとのことは彼に聞いて。今日からさっそく動いてもらうからね」

「はい」

本西は鼻歌を歌いながら、机の上の書類に目を落とした。何だかご機嫌である。

どうしてご機嫌なのか訊《き》こうとした時、その身体《からだ》からは想像もつかないドスの利《き》いた声で君島が叫んだ。

「主任！」

驚いてあとずさりしそうになったが、ぐっとこらえる。

「主任はいません」

書類と本が山と積まれた机から、誰かが返事をする。

「また栗原《くりはら》さんと遊んでるのか」

「もう戻ってくる頃だと思いますけど」

「しょうがないな。ちょっと座ってて」

立川は、何も載《の》っていない机の前に座らされた。これが自分の机か——と感心するほどでもない、ごく普通のものだったが、何だかとてもうれしい。

君島が、あたふたと部屋を出ていった。立川はどうしたらいいかわからず、ただぼーっと座っているだけになってしまう。

突然前に立ちはだかる書類の山の中から、ずぼっと顔が現れる。

「主任と、僕も昔組んでたんだよ」

そう言って、にかっと笑う。目がぱっちりとしていて、男前だ。

「はあ、そうですか……」

「あの人は、新人の教育係だな。あ、僕は諏訪《すわ》ね。よろしく」

書類の中から手が出たので、あわてて握った。

「こっちが江藤《えとう》さん。あれが濱口《はまぐち》。あそこにいるのが新河《しんかわ》さん――」

部屋にいる男たちがあちこちで会釈《えしゃく》をする。立川はぺこぺこと頭を下げた。女っ気はないようで、ちょっとがっかりする。

「あのー、主任のお名前は？」

「主任はね、山崎《やまざき》なんだけど、みんなはたいてい――あっ」

諏訪がそう言ったのと、目の前に何かが落ちてきたのは、ほぼ一緒だった。

ピンク色のぶたが、机の上にちょこんと座っていた。突き出た鼻に、大きな耳――さっきはわからなかったが、右側が後ろにそっくり返っている。大きさはバレーボールくらいだ。ビーズの点目《てんめ》が愛らしい。

と、いうことは――。

立川が後ろを振り向くと、君島がびっくりしたようにあとずさった。

「あれ？」

てっきり、さっき駐車場で見た女性が立っているものとばかり思っていたのに——彼女が主任なのかな、と……。

「あれって何だ？　主任だよ。君の相棒」

「は？」

向き直ると、ぬいぐるみは立ち上がっていた。そして、しゅたっと音がしそうな勢いで右手を上げ、

「やあ」

やあって……誰の声？

「山崎ぶたぶたです」

ぬいぐるみの鼻の先がもくもくと動いた。「やまざきぶたぶたです」と動いた。

これは……腹話術か？　同期の女の子で上手なやつがいたが、向かいの諏訪もそうなのかもしれない。書類の間から手を伸ばして動かしているのかも……。

ところが彼は、立ち上がってあくびをしながらコーヒーメーカーの方へ行ってしまう。それを見計らったように、また手と鼻がもくもく動く。

「さっき駐車場のぞいてたでしょ？」

諏訪だったら、立川が駐車場をのぞいていたことなんて、知らないはずだ。

立川は、後ろをまた振り返る。君島が何だか困ったような顔になった。多分自分が、す

がるような目をしているからだろうが。

「主任の山崎ぶたぶたさん。しばらくついて、いろいろ教えてもらいなさい」

ぬいぐるみに顔を向けると、

「呼ぶ時は、ぶたぶたでいいから。僕と一緒だと、変な事件ばっかりかもしれないけど、よろしくね」

右手を差し出される。額から汗が噴き出すのがこんなに明らかにわかるなんて、初めてだ。立川はえらく迷ったあげく、その手を握った。柔らかくつぶれてしまったので、気絶するかと思う。

いったい何が起こっているのか、理解できなかった。ぬいぐるみが上司？　警官？　しかも刑事？　そんな、バカな……。

「それから、たまに僕を持ってもらうこととかあるかもしれないけど、お手数をかけます」

持つなんてそんな……ああ、自分を持ってもらいたい、誰か支えてほしい……。

肩にそっと手が置かれ、目の前にマグカップが置かれた。

「まあ、コーヒーでも飲んだら？　おいしいよ。ぶたぶたさんがいれたから」

諏訪がすすめる。そんな、ぬいぐるみがいれると味が変わるか……。

「お、ありがとう」

ぬいぐるみ――ぶたぶたは、再び机に座り込んだ。そして、自分のものらしき小さな青いマグカップを引き寄せる。

立川は、ぽかんと口を開けたまま、その光景を見つめ続けた。ぶたぶたは、カップを器用に前足ではさんで持ち上げ、鼻の先からふーっと息を吹き出し、湯気を散らす。そのまま鼻を突っ込んで、ずずっとコーヒーをすすった。

「うーん、喉渇《のど》いちゃったよー」

満足そうに声をあげる。

君島はもう席に戻っている。諏訪は立川の後ろにいるのだ。なのに、声は前から聞こえる。これは、果たして現実？　夢なのか？　だとしたら、何とメルヘンな。自分がまさかこんな夢を見るとは思ってもみなかった……。

「栗原《くりはら》さんとラジコンやってたんですか」

「うん、そう。栗原さん、ついに僕が乗って操縦するやつ作っちゃって――」

「好きだなあ、彼女も」

「今度、ヘリコプターも作るとかって言ってたなあ。ほら、撮影用のを改造してさ」

「あ、なんか便利そう――！」

「使えないよ。僕、高所恐怖症だから」

二人は声を合わせて笑った。ぬいぐるみなのに、笑っているとわかるなんてどうかしている。でもわかる。とても楽しそうに笑っているのだ。

「何してるの。冷《さ》めるよ、コーヒー。それとも苦手なの？」

ぶたぶたが言う。そして、中身を顔にぶちまけるんじゃないかと思うくらいのけぞって、自分のコーヒーを飲んだ。

立川は彼の行動から目を離さずに、コーヒーカップを持ち上げる。何も考えずに口に入れたら、舌をやけどしてしまった。必死で我慢をするが、

「やけどするよ、そんなふうに飲んだら」

とぶたぶたに言われて、何だかとっても間抜けな気分になる。でも……確かにおいしかった。

「ぶたぶたさんに何か訊きたいことはないの？」

頭上から、諏訪の声がする。

「え、あ、その……」

そういえば、昔、ぶたぶたと組んでいたと言っていた。彼も最初はこんな感じだったのだろうか。それが今は落ち着いたものだ。少なくともコーヒーがぬいぐるみに吸い込まれてもあわてたりしない。いや、それはもしかして自分だけ？

教官が言っていた「変なところ」というのがよくわかった。しかし、あの笑みの意味は？　何だかとっても……楽しそうな笑みだったような気がしてきたのは、なぜだ？

「あの……諏訪さんにお訊きしたいんですけど……」

「何？」

頭がおかしいのではないか、と思われるかもしれないが、たずねずにはいられなかった。

「ぶたぶたさんって……あの……その……」

しかし最後まで言えない。

諏訪が、にやりと笑った。教官にも、さっきの本西にも見せられた笑み——。立川が、こう答えられるのではないか、と思ったとおりのことを、彼は言う。

「そういうことこそ、自分からぶたぶたさんに訊けば？」

みんなしてはっきり言わなかったのは、そういうことだったのだ。

「そうだよ。遠慮しないで」

ぶたぶたが言う。

「早くしないと、朝の会議が始まるよ」

「あ、はい。えーと……そのお……」

じっとぶたぶたを見つめた。こんなふうにぬいぐるみを見つめたことなんて、子供の頃以来、なかったことだ。とても貴重な体験をしているなあ。何だかさっきと違う。ちょっと情けなく見えるのはなぜだろう。

立川は、駅前でもらったティッシュをポケットから取り出し、おそるおそるぶたぶたへ差し出す。

「あ、ありがとう」

ぶたぶたは、ティッシュを一枚取り出すと、鼻の頭を拭《ふ》いた。というより、かんだ、に近い。両手で鼻をしばらくぎゅっと押さえる。押さえすぎて、鼻にしわが寄った。変な顔になったので、思わず笑いそうになる。

「気をつけてても、たまについちゃうんだよねえ」

鼻から離れたティッシュには、コーヒー色のシミがついていた。

「あのう……」

立川は思い切って声を出す。

「ぬいぐるみ……なんですか？」

「そうだよ」

ぶたぶたは、くしゅん、とくしゃみをした。

「僕だけそう見えてるってわけじゃないんですね？」

言ってから、すごいこと訊いてる、と思う。しかし、ぶたぶたは慣れているのか、

「そう。大丈夫だから。気にしないで」

「気にしないで」とは、いったい何を指してのことであろうか。ぬいぐるみということか？　刑事ということ？　上司ということ？　それともくしゃみのこと？　「大丈夫だか

ら」というのも何のことを言っているのか……あ、俺が大丈夫ってこと？

めったなことには動じないようにできていたつもりだが、これはなかなかものすごい。そうそうできる体験ではない。何だか怒鳴りたい気分だ。突飛すぎるにもほどがある、とも思ったが、

「もう一枚ティッシュもらってもいい？」

と言う鼻声と、差し出すかわいらしい布の手を見たら……「はいはい」とティッシュを抜き出し、手渡してしまった。本格的に鼻をかんでいる（ように見える）ぶたぶたは、ちょっとかわいそうだ。のどあめでもあげようかな。でも、ぬいぐるみが風邪をひくなんて、ありえるのか？　そんなこと今さら考えてもしょうがないのだが。

「他に何か訊きたいことはない？」

後ろを向くと、諏訪はいなくなっていた。思わず立川は言う。

「栗原さんって、さっき駐車場で一緒にいた女性ですか？」

ぶたぶたは、にかっと笑って、答えた。

「そう。変わった人だけど、かわいいよ」

2

午前中のほとんどは、ここ最近扱った事件に関する書類の検討で終わりそうだった。午後から聞き込みに回ると聞いて、やや興奮気味だったのだが――。

昼近くになって、一本の電話が入った。本西の顔に緊張が走る。

「目白通り沿いの銀行で強盗だ。九時の開店直後から人質をとってたてこもってる」

電話を切った本西が、部屋の面々を見回してそう言う。

「島《しま》くんからの依頼だ。すまんがぶたぶたさん、行ってくれないか。立川もだ」

うわっ、最初からそんな大事件に――と興奮を通り越してパニックにおちいったが、よくよく考えれば盗犯係ではないか、ここは。普通そういう人質たてこもりとかは扱わないのでは？――その証拠に、他の誰も動かない。

「はい、わかりました」

しかし、ぶたぶたは机の上から飛び降りた。いつの間にか背中に黄色いリュックを背負っている。たたたたっとドアに向かって走り、無意味に重ねてあると思っていたダンボールに乗って、ドアを開けた。

「早く早く」

立川にそう言って、また走る。わー、何持ってったらいいんだろう!

肩をぽんぽんと叩かれる。

「とにかくそのまま行きなさい」

諏訪が、車のキーを渡してくれた。

「でも……僕が行ってもいいんですか?」

「君じゃないの。ぶたぶたさんが行くんだよ。君は盗犯係だけど、まずぶたぶたさんの部下でしょ? いや、と言うよりも——ぶたぶた係?」

ぶたぶた係——えさをやったり、水を換えたり、日曜日に交代で掃除に来たり……そんな小学生のような生活が目に浮かぶ。

「え……何ですか?」

諏訪はそれ以上何も言わず、にやにや笑うばかりだ。

「早く行かないと、おいてかれるよ。ぶたぶたさん、自分で運転できるんだからね」

「ええ!?」

立川は、あわてて署の外に飛び出した。

駐車場でぶたぶたが待っていたが、車がまるで、ゲージがわりのハイライトやマッチ棒に見える。

「遅いよー」

「すっすみません！」

ああー、やっぱり小さいー。

「鍵《かぎ》があったら、先に行ってたよ」

「……運転できるんですか！」

「うん」

それ以上の返事はなし。できて当然なのになぜ？　という不可思議な顔で見上げられる。

立川は咳払《せきばら》いをして車のドアを開けた。

ぶたぶたがころりんと助手席に座り込む。シートベルトはするのかな、と思ったが、どう考えてもすかすかだ。でも、一応している。

「僕は、転んだりしても何しても大丈夫だから、まあ気休めね」

立川の視線に気づいたのか、ぶたぶたが言う。そりゃあ……そんなに柔らかければ。

銀行周辺は、緊迫した空気に包まれていた。周囲三十メートルほどは封鎖されている。マスコミも遠ざけられているが、ものすごいレポーターとカメラの数だ。野次馬がさらにその周りを囲んでいる。

しかし、青いシートで目隠しされた現場周辺は、かえって静かだった。一番うるさいのは、ヘリコプターだ。

「よろしく。捜査一係の島だ。せいぜいぶたぶたさんに鍛えてもらえ」

渋い声、渋い顔の刑事・島洋治《ようじ》が、そう言ってにやりと笑う。目尻が下がって意外に柔和《にゅうわ》な笑顔だが、この顔にも見憶えがある。

そばに、ぽかんと口を開けた男が立っていた。

「あ、こちら警視庁の田所《たどころ》警部補」

島の紹介に、ぶたぶたはぺこりとお辞儀をする。

「山崎ぶたぶたです。よろしく」

手を差し出しているのに、田所はそのままあとずさった。

「……島くん、ここはまかせるよ」

「えっ、いいんですか？」

「僕は、機動隊の方に行ってるから……」

田所はよろよろと銀行の裏に向かっていった。ぶたぶたと島は顔を見合わせる。

「見慣れない人は、びっくりするかもしれないね」

それは、立川の時だってそうだったろう。それに、「びっくりする」なんてレベルじゃないんだぞ！

と、わめき散らしたくなったが、二人は、すでに仕事を始めていた。

「人質は一人。窓口係の女性だ」

　さっそくこれまでのことを、島が説明する。

「シャッターが閉まってるね」

　ぶたぶたが言う。まるで閉店後のように、すべての入口のシャッターが閉まっていた。

「そう。中の様子はほとんどわからない。ただ、脱出した客や銀行の人の話だと、犯人は拳銃持ってるって言うんだな」

　犯人の男は、窓口の女性に布袋に隠した拳銃をつきつけ、「金を出せ」と脅《おど》したが、たまたまそれを隣の窓口にいた客が見つけてしまったのだ。悲鳴をあげて逃げ出した客を見た男は、そのまま窓口の女性をカウンターからひきずり出し、シャッターを閉めさせ、時間外出口から他の者をすべて外に出してしまった。

「本物？　偽物？」

「発砲してないから、わからん」

「見つかって、なりゆきで開き直るしかなかったってことなのかな……。説得はどうしてるの？」

「こっちがメガホンで怒鳴って、向こうもシャッター越しにメガホン。しゃべってんのもその娘だ。だいぶ疲れてることが、声でもわかる」

「じゃあ、犯人と人質はかなり近くにいるってことだね。要求は？」

「支店長に謝れって言ってる。よほど恨みがあるんだろうな。リストラされた元の行員なんだよ。だから、裏口のルートを確保しても、よく知ってるから突入の機会がつかめない。拳銃が本物だったら大変だしね」

島とぶたぶたが熱心に話し込んでいる脇で、立川は何をしたらいいのか戸惑っていた。さっき諏訪に言われたことが気にかかる。「ぶたぶた係」って？

「せめて中の様子がもっとわかるようにと、あのシャッターの隙間《すきま》からビデオカメラを入れてみたんだけど――」

正面入口の閉まっているシャッターは、自転車を下敷きにして、タイヤの分だけ隙間が空いている。そこから長いコードが延びて――。

「――このとおりなんだよね」

モニターに映っているのは、タイヤの端っこと、白い壁だけだった。

「ATMコーナーの方は、手前のガラス戸も鍵がかかってるし、自動ドアも閉まったまま電源が切れてる。だけど正面は、一番手前のガラス戸だけ閉まってて、自動ドアは開いたまま電源切ってるらしい。話をするためにな。でも自転車がはさまってるから、ガラス戸が完全に閉まってないんだ。あ、この白壁はディスプレイ用のガラスケースね。それをとりあえず前に置いたみたい。でも、まだ隙間があるのはわかるだろ？　だからぶたぶたさん、できるか？」

「うん。平気だと思う」

「あのう……何の話をしてるんでしょうか……」

モニターを見ながら話し合っている二人に、思わず口をはさんだ。

「僕が、中に入るんだよ」

島もうなずく。立川は、小声で驚いた。

「えええっ、突入するんですか!?」

こんな小さな身体で。

「違うよ、ビデオカメラをちゃんと見えるようにしてくるの」

「人にはそれぞれ役割っつーもんがあるんだよ、新人」

島に渋い声で語られて、ぐっと言葉に詰まる。

「じゃ、立川くん。初めての仕事らしい仕事でこんなこと頼むのもなんだけど、僕をつぶして」

――僕を……つぶす?

自分の目が、ぶたぶたと同じような点目になったかと思う。

「あの隙間に入るように、シャッターの前で僕をつぶして突っ込んで」

「つぶす……んですか?」

「静かに行けよ。へまするなよ、新人」

つぶすことに驚いているのは、自分だけのようだ。

「ぶたぶたさんを、つぶすんですか？」

「俺はつぶれねえだろ？」

島が当然のように——というか、当然のことを言う。

「こう——ぎゅーっと？」

立川の手真似《てまね》と同じことを、島もぶたぶたもする。

「そうだよ。疑問を持つな。ぶたぶたさん入れたら、俺の方見てろ。もしアングルがまずかったら合図をするから、入ったところから見えるようにすっかり同じに真似をしろ。手は絶対に入れるなよ。ぶたぶたさんが出てきたら、ゆっくりひっぱって出せ」

「は、はい、わかりました」

想像もつかない任務に、いやな汗が噴き出す。

「人質の人が疲れてるみたいだから、早くしなくちゃ。あ、名前は何て言うの？」

「羽村《はむら》さん」

「わかった。立川くん、僕を持ってって」

「えっ!?」

「玄関の画《え》を流すなって言ってるけど、どうせテレビは撮れるだけ撮るだろ？　気づかれてあとで名物刑事《デカ》とか言われるのもめんどくさいから、お前のでかい身体でぶたぶたさんを隠せ」

「はい……！」

ぶたぶたを抱えて、正面入口に忍び寄る。一応青いシートで囲ってあるのだが、テレビ局はありとあらゆる角度で撮ろうとするから——。

隙間は、思ったよりも狭かった。タイヤもつぶれているのだ。

ぶたぶたは鼻先を隙間から突っ込んだ。何をするのかと思うと、あれよあれよという間に自分の手で頭をつぶして、首だけ隙間の中に入り込んでしまった。そして、無言で身体を指さす。「つぶせ」と言っているらしい。

ためらっている場合ではないのだが、ついおそるおそる突き出たしっぽのあたりを押してみる。おおおっ、こんなにへこんで……！　でも、入らない。

ぶたぶたの手としっぽがばたばた動く。「もっとつぶせ」と言っているのか、苦しいのか……よくわからないけど、多分つぶしていいんだろう。

ただつぶすだけでは中に入れるわけはないので、つぶして隙間に押し込めなくてはならない。ここにいるのは、ぶたぶたではない、と思い込むしかなさそうだった。例えば——小さなカバーに、巨大なクッションを突っ込むとでも。

そんなつもりで、立川はぶたぶたをぎゅうぎゅうつぶした。つぶして、隙間にむりやり突っ込む。ぶたぶたのピンク色のお尻が中に消えた時には、本当にほっとした。

しかし——よく考えれば、ぶたぶたはかなり危険なことをしているのだ。つぶして隙間に入れる、ということばかり気にしていた立川は、初めて気づいた。見つかる可能性だってあるのだ。そしたら、どうなるのか。

隙間に這《は》いつくばってのぞきたい衝動にかられるが、そうだ、島の合図を見てなきゃ。島はモニターをじっと見つめて、動かない。中でどんなことが行われているのか——ぶたぶたは、ビデオカメラをちゃんと設置できたのだろうか……。

しばらくすると、島の口元に薄い笑みが浮かんだ。親指と人差し指で丸を作る。立川は、隙間が見える位置に這いつくばってその合図をぶたぶたに送る。戻ってきてそれを見て、出てくれば終わりだ。

しかし、島の合図を待っていた時よりも長い時間がたっても、ぶたぶたが出てくる気配がない。立川は顔を上げ、島を見た。険《けわ》しい顔をしている。視線に気づいて、「戻ってこい」と手振りをする。

「どうしたんですか?」

「ぶたぶたさん、見つかっちまったよ」

「ええっ」

「今んとこぬいぐるみのふりをしているけどな」

モニターの中には、カウンター内の机に座っているらしい犯人と人質の姿が映っていた。

人質の女性はぐったりとうつむいているが、犯人は何とカメラの方を見ているではないか。キャップをかぶり、サングラスをかけている。三十代ぐらいだろうか。恐ろしくやせた男だ。

　葉っぱの先が見えるということは、入口付近にある観葉植物の根元にカメラを潜《ひそ》ませたらしい。画面の端には、ぶたぶたの手足の先がわずかに見えている。逃げようとして離れたとたんに見つかったのか。さすがに微動だにしない。けれど、今までなかったはずのぬいぐるみが突如出現すれば、おかしいと思わないはずはない。銀行の中にもぬいぐるみはあるが、それはイメージキャラクターのうさぎだ。犯人はカメラではなく、不審なぶたぶたを見つめている。

「島さん、どうするんですか？」

「大丈夫だ。ぶたぶたさんなら何とかする」

「でも、もし撃たれたら——」

「平気だよ。ぬいぐるみなんだから」

「そんな……！」

　冷たい、と立川は思う。

　画面の中では、犯人が人質を連れて、カメラの方へやってくるところだった。長い棒状のものを持っている。どたどたと耳障《みみざわ》りな足音が聞こえた。

「くそ、離さねえな」

島が舌打ちをする。

犯人が、ぶたぶたを棒で突っつくと、ころりと床に転がる。

「ああ、ひどいっ」

ぶたぶたのお腹《なか》や頭を棒で何度も押したりする。

「ぶたぶたさん、あんなことされて痛くないんですか？」

「痛くないって言ってたけどな」

「そんな……ああっ！」

「お前、うるさいよ」

「だって、島さん……！」

犯人が、棒の先にひっかけたぶたぶたを思い切り床に叩きつけたのだ。軽くバウンドをしたぶたぶたが、床にぐったりのびる。

「死んじゃったんじゃないんですか⁉」

「お前、縁起《えんぎ》でもないこと言うなよ」

「だって、あんなふうに投げられて――」

「鍛えてるから平気だよ」

モニターから、ヒステリックな笑い声が聞こえてきた。ぶたぶたを蹴飛《けと》ばしている。人質をひきずるようにして笑いながら。

　島が無線に向かって言う。

「突入の態勢に入ってくれ」

　犯人の気が、人質からそれだしているのだ。でも、ぶたぶたはまだ帰ってきていないではないか。それなのに――！

「何だよ、これ。何だよ何だよ――」

　犯人はそうくり返しながら、何も仕掛けられていない、無抵抗に自分の暴力を受け入れる存在――ぶたぶたをいたぶっている。彼は不安定な足取りで、ロビーの中を踊るように歩き続ける。

　人質の女性がつんのめり、ソファーとソファーの間の床に倒れ込んだ。床の上にぺたんとお尻をつけて座ってしまう。手が離れたことに、犯人は気づかなかった。自由になった左手で、ぶたぶたをわしづかみにする。

「ああ、絞ってる……」

　手足や耳をひっぱり、身体をねじる。ぶたぶたの、声なき悲鳴が聞こえるようだ。

「島さん、突入しないんですか!?」

「まだだ」

「ぶたぶたさん、ちぎれちゃいますよ！」

「平気だから、黙ってろ！」

獣の咆哮《ほうこう》のような笑い声をあげながら、犯人はゆっくり歩き出す。立川ははっと気づく。島は、人質と犯人の距離が、最も離れたところで突入しようとしているのだ。しかし人質の女性は、自分が犯人から自由になったことさえわかっていないようだった。かといって、下手《へた》に動いて犯人を刺激しても――。

犯人は、ぶたぶたを天井にぶつけるようにして投げ上げ、受け取ると、そのまま正面入口の方へ投げつけた。その場所、その向きが、人質から最も離れ、なおかつソファーで死角になりうる場所だったとわかったのだろう。

「羽村さん！　床に伏せて！」

その声と同時に島が叫んだ。

「突入しろ！」

名を呼ばれた彼女は、一瞬目を見開くと、すっとソファーの陰に身を潜めた。

モニターには、驚いた表情の犯人が映っていた。ぶたぶたの声など知らなくても、発したのがさんざいたぶったぬいぐるみだと気づいたのだろうか。銃口をそちらへ向ける。

乾いた銃声とともに、モニターの画像が乱れ、消えた。

「本物だった……」

「行きます！」

立川は入口に突っ走った。シャッターの隙間から、焦《こ》げたぬいぐるみの腕のようなものがこぼれ落ちる。そんなっ、まだ何も教えてもらってないのに！　初めての仕事が、お尻を隙間に押し込んだだけだなんて！

「ぶたぶたさん！」

力任せにシャッターを引き上げた。自転車を蹴飛ばし、ガラス戸を両方開け放し、ディスプレイのケースにつまずいて、床にくずおれる。目の前に、黒焦げのぬいぐるみが倒れていた。変わり果てた姿に呆然《ぼうぜん》となる。見る影もない。

「ぶたぶたさん……！」

あまりにもかわいそうで、抱えて泣き出しそうになった時、

「何？」

と声が聞こえた。

ロビーの真ん中で、犯人が機動隊に取り押さえられていた。その脇に、ぶたぶたが立っている。だいぶ汚れているが、どこも取れていないし、元気そのものだ。首をぐりぐり回したり、肩や腕を揉《も》んでいる。

「あれ……？」

立川が抱えているのは、ディスプレイのケースに入っていたうさぎのぬいぐるみだった。見る影がなくて当たり前である。

モデルガンを改造した拳銃から発射された弾丸は、ぶたぶたから大きくそれて、ケースの中のうさぎに当たったのだ。それもまたかわいそうだと思うが、泣いたらものすごく恥ずかしい。

あわてて立ち上がって、ぶたぶたのそばに行く。

「大丈夫ですか、ぶたぶたさん」

「うん」

ぱたぱたとほこりを払って、そう言う。そして、

「言ったでしょ。何しても大丈夫だって」

と、ぶたぶたはにっこり笑った。

夕方、立川はぶたぶたに誘われて裏の駐車場へ行った。

短い髪の女性が、車に乗り込もうとしているところだった。

「栗原さん」

ぶたぶたの声に、顔を上げて笑みを見せる。今朝《けさ》、ここで見かけた人だ。だが、今は私服で、顔も初めてわかった。思ったよりもずっと童顔だったが、動作はきびきびして気持ちがいい。

「新しい相棒の、立川くん」

「初めまして。鑑識の栗原美佳《みか》です」

「立川です、よろしくお願いします――」

互いに挨拶《あいさつ》を交わす。

「大変だったそうですね。銀行の事件に行ったんですって？」

「はあ……ぶたぶたさんについて、ですけど」

ふと気づくと、見憶えのある笑みを彼女は浮かべていた。

「いかがでした？　ぶたぶた係一日目の感想は？」

立川には、ようやくわかった気がした。教官にしろ、本西にしろ諏訪にしろ島にしろ、そして美佳にしろ、つまりはそう言いたかったわけだな。ここに来ると、まずはぶたぶた係になるって、知ってたに違いない。

感想を言おうとしても、うまく言葉に表すのは難しいように思えた。何を言っても、陳《ちん》腐《ぷ》になりそうで。

「ぶたぶたさんが、あんまりかわいそうな目にあわないようにしようと思いました」

言葉にしてから、本当に小学生のようだと思い、顔が赤くなる。

けれどそれは、夕焼けで二人にはわからなかったようだ。

驚くほど美しい茜《あかね》色の空が、三人の頭上に広がっていた。明日も晴れるだろう。

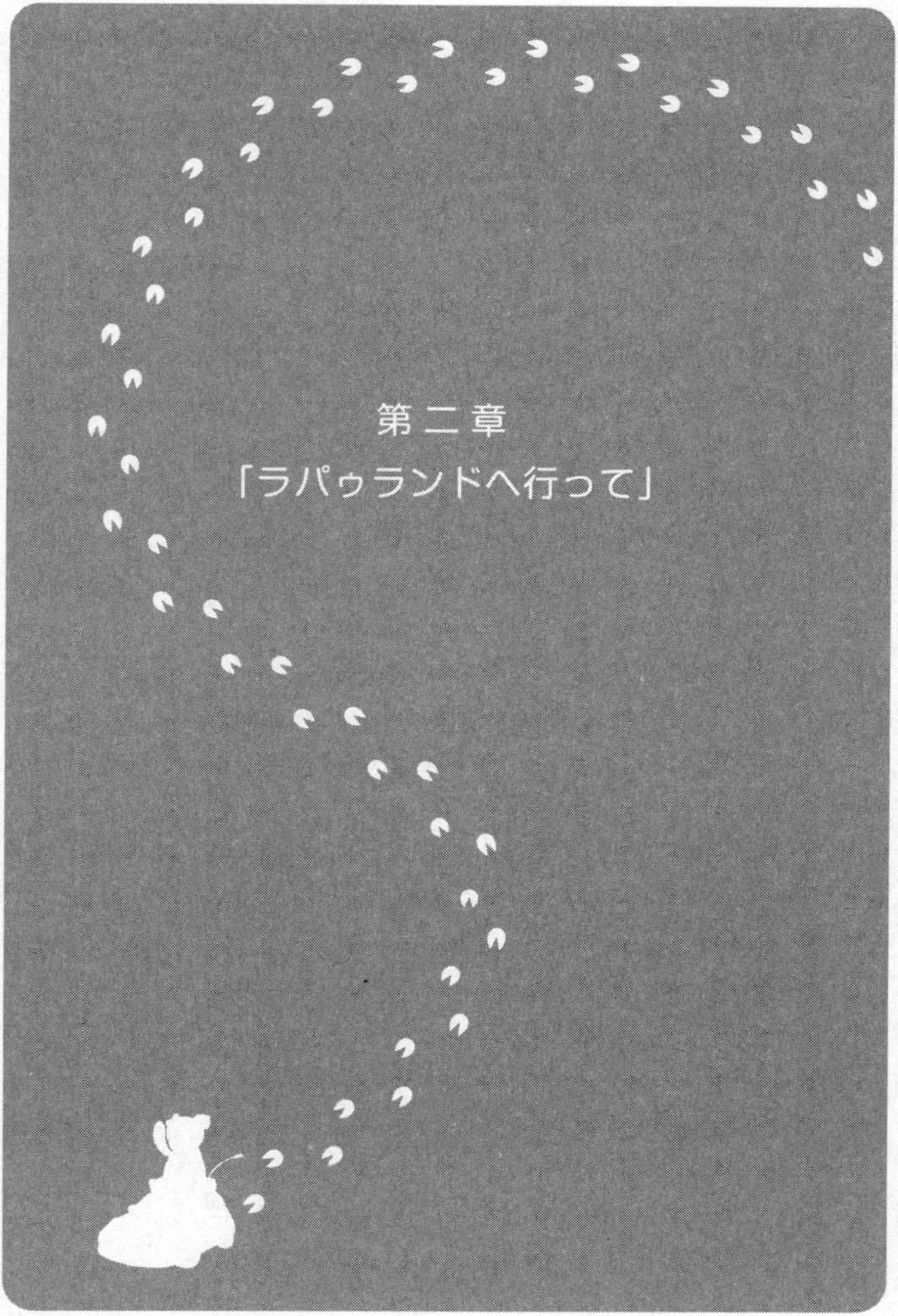

第二章
「ラパゥランドへ行って」

1

その少女は、一人の困り切った顔をした少年を連れて、春日署へやってきた。

たまたま通りかかった時にその少年の困った目と遭ってしまったのが、立川の運の尽き──というわけでもないが、一緒にいた少女の頑固《がんこ》さったらなかった。受付の女性が、いくら「こちらで承《うけたまわ》る」と言っても、決して承知しない。

「とても大切なことなので、刑事さんに話したいんです」

小学五、六年生くらいだろうか。余計なことは絶対にしゃべらなかった。とにかく〝刑事〟に何か話したいらしい。多少落ち着かなげだったが、おどおどした感じはなかった。対して少年の方は、少女が何か言うたび、はらはらした顔になる。

「とても大変なことなのかもしれないんです」

少年は脇《わき》を向いて、ため息をついた。

「どうしてそんなこと思ったの？」

つい立川が口をはさんだのを見て、受付の女性がさりげなく立ち上がる。

「担当者を呼んできますね」

ちょっと待て。逃げるなこの。

と言えるはずもなく、彼女はどこかへ行ってしまう。

少女は立川をさっと見上げる。美少女と言ってもいいくらいのかわいらしい容姿なのに、目がきつい。これはもしかして、手強《てごわ》いかもしれない。

「刑事さん？」

「そうだよ」

まだ、なって数日の新米《しんまい》だけど。

「じゃあ、話が通じますよね」

受付の人でも通じると思うが――とは言わない。ちらりと少年に目を向けると、びっくりしたように肩をすぼめた。

「この子は？　兄弟？」

「ううん、友だちです。ついてくるってきかなかったから」

「何で？」

「あたしのこと、心配してくれたの。ね？」

「う、うん」

少年は、あわてて返事をする。少女より少し小柄なようだった。素直そうだが、このままでは尻に敷かれてしまうぞ。

「話、聞いてもらえますか？」

「あー……はい」

座っていいものか、と思ったが、さっきいなくなった受付の人は帰ってこないし、誰も引き継いでくれようとしない。みな、顔をそむける。あとで聞いたが、この子たちは（というか少女は）ずっと「刑事を呼べ」と言って誰の説得にも応じず、三十分も頑《がん》として動かなかったのだ。立川の登場は、念願だったということである。仕方なく、彼女たちの向かいに腰をおろす。

「えー……じゃあ、まず名前を聞かせて」

「あたしは村松桃子《むらまつももこ》。この子は徳田祐輔《とくだゆうすけ》。二人とも五年生で、東《ひがし》小学校に通ってます」

練習してきたかのように、桃子はすらすらと素性を告げた。

「学校、終わってから来たの？」

「もちろん、そうです」

当たり前じゃないですか、と顔が言っている。最近、顔を読むのが得意になったような気がする。一番わかりにくい人のそばにいるからだろうか。

「新学期だねえ」

「それがどうかしましたか？」

――仕方なく話を進める。

「じゃあ、用件は？」

「あたしの親が、赤ちゃんを誘拐したのかもしれないって思ってるんです」

一瞬、周囲の空気が固まった。顔をそむけていた人も、こっちをうかがう。

「それは……どういうことかな？」

桃子の顔が、ほんの少し歪《ゆが》んだ。とぼけられたと思ったか？

「うちにいる赤ちゃんが、こないだのニュースで言ってた誘拐された赤ちゃんかも――って」

「赤ちゃんって……君の妹か弟ってこと？」

「そういうことになってますけど」

「あのう……」

小さくなっていた少年――徳田祐輔がおずおずと声をあげた。

「祐輔はいいんだよ」

「まあまあ――僕はちょっと、彼の話も聞きたいな」

祐輔がほっとしたような顔になる。桃子は、まだ何か言いたそうだったが、一応口をつぐんだ。

「それは多分、この子の勘違いだと思うんです……」

そう彼が言ったとたん、桃子は泣きそうな瞳《ひとみ》で言った。

「勘違いだとは思ってるんですけど……」

立川は、桃子ではなく、祐輔を見ていた。口をあんぐり開き、目も丸くしている。そのうち、唇がぐーっと突き出されて、憤慨《ふんがい》しているような顔に変化した。

何だか面白い組み合わせである。

「立川さん、立川さん」

後ろの仕切り壁から、逃げた受付の女性が顔をのぞかせていた。

「何？」

「ぶたぶたさんが、そっちの——奥に来るようにって」

声を潜《ひそ》めて言う。

「あ、はい、わかりました」

立ち上がろうとする立川を、彼女が制す。

「あの子たちも連れてくるようにって」

「何で？」

「捜査本部の人が出払ってて、本西課長がぶたぶたさんに話を聞いてもらうように頼んだんですよ」

「あ——そうですね」

ぶたぶたならば子供受けもするし。

振り向くと、桃子がじっとこちらを見つめていた。大人の密談に敏感そうな子だ。

「ちょっと奥に来てもらえるかな？　僕の上司が話を聞きたいって言うから――」

「上司」という言葉に、二人の子供はちょっと首を傾《かし》げたが、すぐに椅子《いす》からおりた。桃子が率先して前を行き、祐輔はあわてて追いかける。

奥といっても、受付のところから見えない奥まった場所ということで、刑事課の部屋に案内するのではない。ちょっとした応接セットがあるというだけだ。

そのソファーの上には、ぬいぐるみが置いてあった。子供二人はそれを見て、足を止める。

「どうしたの？　ぬいぐるみは好き？」

「うん、まあね」

桃子は、つんとした声で答えた。祐輔は対照的に、「かわいいー」とつぶやく。普通逆さではないか。

「やあ、どうぞー」

ぶたぶたが、身体を伸び上げて彼らに声をかけた。子供二人は、進みかけた足をまた止める。

「今の、何？」

桃子が祐輔に向き直ってたずねる。が、むろん彼は何も知らない。

「どうぞどうぞ、座って」

ぶたぶたは、向かい側を指のない手で指さしてさかんに言うが、二人はなかなか近寄ろうとしない。

「腹話術？」

突然桃子が言う。

「え？」

「どう動かしてるんだかわかんないけど、そうでしょ」

立川を見上げ、自信たっぷりに言い放つ。

「いや……そうじゃないんだな」

祐輔は、こっちの会話などお構いなく、ぶたぶたに釘付けだった。徐々に近づいていく。

「でも、どうして腹話術なんてあたしたちに見せるんですか？」

「そういうつもりじゃないんだけど――」

立川が桃子に説明している間に、ぶたぶたは祐輔に耳打ちをし始めた。何をする気だろう。

「あたしたちの話を、真剣に聞くつもりがないんですか？」

毅然《きぜん》と詰め寄られて困っていると、

「桃子、桃子」

祐輔が、ぶたぶたを掌《て》に乗せて、得意げに笑っていた。

「僕、腹話術できるようになったよ」

「……何言ってんの？」

「いいから、見てて。こんにちは、ぶたぶたさん」

掌の上で、ぶたぶたがお辞儀をした。

「こんにちは、祐輔くん。お、そっちにいるのは桃子ちゃん。今日は、どんなお話をしに来たのかな？」

祐輔の唇《くちびる》は微動だにしなかったし、掌でも何ら操作をしていない。なのにぶたぶたは、大げさな身振りを交え、あまり腹話術の人形らしくないおじさんみたいな声でしゃべった。知らない人が見たら、祐輔のことを腹話術の天才と思っただろう。しかし、桃子はそうではなかったようだ。

「──なんか、バッカみたい」

あきれたようにため息をつくと、くるりときびすを返し、そのまま警察署を出ていってしまった。

「あれ……」

一応立川は追っていったが、出てすぐに全速力で駆け出したため、あっという間に見えなくなってしまった。いつの間にか後ろに祐輔が立っている。

「怒らしちゃったかな」

彼に抱えられたぶたぶたが、頭をかきつつ、つぶやいた。

2

立川とぶたぶたは、遅い昼食をとりに行くところだったので、残された祐輔を伴ってファミリーレストランへ行った。

このファミレスの店員とぶたぶたは、顔なじみである。初めて来た時、何も言わずにウエーターがクッションを持ってきたのだ。ぶたぶたは、それで椅子の高さを調整して、食事をする。行きつけの店には、マイ・クッションが置いてあるらしい。

ぶたぶたはイクラ丼のセット、立川は日替わりランチの大盛り、祐輔はいちごのスペシャルサンデーとオレンジジュースを注文する。

ウエートレスが去ると、祐輔がおそるおそる口を開く。

「……食べるの？」

「食べるよ」

ぶたぶたは、当然、という顔をした。

「すごいね」

感心したように祐輔は言う。そして、実際に食べ始めると、自分のスペシャルサンデーには手もつけずに、ぶたぶたの食事風景を見つめ続ける。ぽかんと口を開けて、まばたきもしない。かなりおかしな顔をしているのだが、立川はあまり人を笑えないのだ。そのかわり、やんわりと声をかけてやる。

「アイス、溶けちゃうよ」

「あっ」

持ったままだったスプーンを動かし始めるが、

「アイスも食べる？」

そんなことを訊《き》く。

「食べるけど、今日はちょっと涼しいからいらない」

「えーっ」

ものすごく残念な顔をしたが、イクラが魔法のように消えていくのに、すぐ目を奪われる。

「ぶたぶたさんって、ほんとに刑事なの？」

「そうだよ」

ぶたぶたはみそ汁をすすり、きゅうりをかじった。

「この人の上司なの？」

よく憶《おぼ》えているではないか。けっこう冷静なガキだ。

「うん。そう」

「じゃあ、この人よりもぶたぶたさんの方が偉いの？」

「立場的にはね。でも、この人の方が大きいでしょ？」

フォローのつもりなのか、よくわからないことをぶたぶたは言う。案の定、彼には理解できない――というか、あまり聞いていなかった。

「すごいねえ、ぬいぐるみなのに！」

感動した声で祐輔は言う。

「まあね」

ふふふ、と鼻が動く。

「鼻、触っていい？」

「いいよ」

祐輔は、手を伸ばしてぶたぶたの鼻の先をつまむ。

「わあああ、すごいすごい！」

すごいばかりを連発するが、具体的な言葉が出てこないようだ。気持ちはよくわかる。ただのぬいぐるみの鼻なんだから。

立川はいち早く食べ終わった。ぶたぶたのイクラ丼は、まだ半分残っている。

「ところで、さっきの女の子はどこに行ったのかなあ」

「ああ、桃子なら、うちに帰ったんじゃないかな」

ぶたぶたの問いに、屈託《くったく》なく祐輔は答える。そして、ようやくスペシャルサンデーを食べ始めた。

「一応、話は聞いてみたかったんだけど――」

「じゃあ、また行くように言うよ。でも、絶対勘違い――っていうか、嘘《うそ》だよ。自分の親が、赤ちゃんを誘拐しただなんてさ」

「でも桃子ちゃんは、最近起こった事件を知ってて、警察に来たんじゃないの？」

つい二週間ほど前、本当に赤ちゃんが誘拐されたのだ。病院の検診から帰ってきて、ベビー布団に赤ちゃんを寝かせ、そのあと母親が庭の洗濯物を取り込んでいる間に、赤ちゃんが消えた。玄関は開いており、庭から赤ちゃんがいた場所は死角になっていたのだが、時間にしてほんの五分弱――。その一瞬ともいえる短い間に、生まれたばかりの女の子は連れ去られてしまったのだ。

署内には、すでに捜査本部が設置されている。マスコミにももちろん報道された。赤ちゃんを抱えた人を見た、という目撃証言はたくさん寄せられているが、有力な手がかりには結びつかず、裏付けを取るだけでも一苦労だった。脅迫の類《たぐい》もない。

単に赤ちゃんが欲しくて連れ去ったのか、それとも何か他に目的があるのか、まったくわからない状態だった。

「それはそうだよ。でも、違うんだもん。生まれた赤ちゃん、桃子にそっくりだった。桃子は、『そんなの嘘だ』って言うけどね」

「じゃあ、どうしてそれをわざわざ言いに来たんだろう」

「それが、全然わかんないんだよ。昨日《きのう》、いきなり『あの子は誘拐された赤ちゃんかも』って言いだして、ここに連れてこられたんだよ、僕。一人で行くのは怖かったみたい」

「それはでも……調べたらすぐにわかりますよね？」

ぶたぶたがうなずく。食べ終わったようだった。

「でも、桃子は本気みたいなんだ」

祐輔は、ちょっと神妙な顔になる。しかし、突然思い出したのか、

「あ、けどね、あの態度は嘘だよ。普段はあんな『勘違いかもしれないんですぅ』とか言って泣くようなやつじゃないからね。そう言った方がリアルだって言うんだよ。バカだよねえ、最初の段階から嘘っぽいのに」

と、まくしたてる。

「妹が生まれたのは、確かなの？」

ぶたぶたが、食後のコーヒーを飲みながら言う。

「うん。それは見たから。でも、お母さんは今、その赤ちゃん連れて逃げてるって言うんだよ。そんなわけないよねえ。

でも、桃子の言うことは、どこまでほんとかわかんないんだ。だって僕、こないだまでお母さんが死んじゃっていないんだって思ってたんだもん」

「何で？」

祐輔は、ぶたぶたと立川に、桃子と友だちになったいきさつを話し出した。

3

ちょうど一年前、祐輔は珍しく一人で校門を出ようとしていた。

音楽の授業で合唱をやるのだが、その伴奏を先生から頼まれたのだ。今日も残されて練習をしていた。これがあるから、もっとうまい子はわざと下手《へた》くそにピアノを弾いたのではないか、と祐輔は思っていた。塾もあるし。先生も、祐輔が塾通いをやってないって、わかっていて指名をしたのかも、と思う。

友だちはみんな忙しいので、待っていてくれる子などいないのだ。もう夕焼けで空が真っ赤になっている。あまりにもきれいだったので、ちょっと得した気分になったが、それでもやっぱり、合唱が早く終わればいいのに――と思う。

「待って！」

突然、声がかかる。夕焼けを見ていた顔を前に向けると、自分よりも少し背の高い女の子が立っていた。背筋をぴんと伸ばし、あごをつんと上げているので、もっと背が高く見える。

「何？」

「あたし、あんたと同じクラスの村松桃子っていうの」

村松桃子……祐輔には、初めて聞く名前のような気がした。まだクラス替えをして間もないから、クラス全員の名前なんて憶えていない。

「あんた、徳田祐輔でしょ？」

向こうがちゃんとこっちの名前を言ったので、とてもびっくりした。申し訳ないが、こっちはちっとも思い出せない。

「う、うん」

「頼みがあるの。これ読んで」

桃子は小脇にはさんでいた紙――しわくちゃの原稿用紙を差し出した。

「何、これ？」

「いいから読んでよ」

祐輔は渋々読み始めた。何でこんなものを、こんなところで立ったまま読ませるんだろう。しかも汚い字だし。こっちの名前を知ってるからって偉そうに――。

ところがそれは、何だかすごく楽しそうな作文だった。そう、それはただの作文だ。国語の授業の宿題みたいなものだった。

　タイトルは、『ラパゥランドへ行って』。学校の近くに、こんなところがあるなんて、全然知らない。とても面白そうな場所だ。作文の中で、桃子は中世のお姫さまの格好をさせてもらっている。「ごうかですごく重い」と書いてある。「よろいは、もっと重いと男の子たちが言っていました」とまで。そうか。マンガや映画でしか見たことのない、あの銀色の鎧《よろい》を着ることができるのか——。

「ここってどこ？　僕も行きたい」

　読み終わってすぐにそう言うと、桃子はなぜかいやな顔をした。

「あるわけないじゃん。あたしが勝手に書いたんだよ」

　答え方もかなりぶっきらぼうだったが、それより「自分で考えて書いた」という点に素直に感心する。

「へえ〜、すごいね」

　桃子は、ちょっと照れたように笑った。何だ、笑えるじゃん。

「ほんとに鎧とか着れるのかと思ったよ。でも、何でラパゥランドなの？」

「『ラパゥ』って響きが、異国って感じがするじゃん」

「イコクって何？」

「——あんた何にも知らないんだね。外国ってことだよ。ランドって国って意味でしょう？」

「あっ、そうか！」

「……英語習ってるの？」

「うん、お父さんにだけど。でも、何かとくっついちゃうとわかんないね」

あきれたような顔になる。なんかやばい雰囲気《ふんいき》だ。

「ウが小さいところがいいよね」

言ってから、ちょっとバカみたい、と思う。

「それでね、頼みがあるの」

祐輔の話を遮《さえぎ》るように、桃子が言った。

「何？」

「あんた、字が上手でしょ」

「うーん……習字やってるからね」

小さな頃からやっていて、祐輔が唯一、人より上手かな、と思っているものだった。桃子が意外なことを知っているので、ちょっと驚く。

「その作文の最後に、先生のふりして何か書いてくれないかなあ」

しかし、申し出にはもっと驚いた。

「……何かって？」

「うーんとね……『よく書けました』みたいな」

「こんな作文書く宿題とかってあったっけ？」

忘れてるのかと一瞬思う。

「あるわけないじゃん。これは嘘の作文だよ」

「嘘の作文……何のための？」

祐輔の質問に、桃子はぎゅっと口を結んだ。上から見下ろされる格好でにらみつけられて、少しひるんだが、何だかすごく迷っているような顔に見えるのは気のせいだろうか。

しばらくそんなふうににらみ合ったのち、ようやく桃子が口を開く。

「ママに見せるの」

待った末の答えに、祐輔は思わずコケたくなった。

「いいじゃん、そのまんま見せれば。何で先生のコメントが必要なの？」

「……だって……学校で褒《ほ》められたって……ことになってるから」

今までの勢いがなくなり、つっかえつっかえそんなことを言う。

祐輔は頭をかいた。

「なんかよくわかんないけど、困ってるの？」

「うん……まあね。あっ」

突然、口調が戻る。

「別に出さなきゃいけないもののニセモノを作るってわけじゃないんだよ。おうちでしか使わないしさ。学校に提出するんじゃないんだし」

桃子は力説した。

「ふーん――」

「やってくれる？」

祐輔は、何だか嘘くさそう、とは思ったが、先生の字を真似《まね》るなんて面白そうだ、とも思っていた。子供の字よりも、大人の字の方が真似るのは得意なのだ。きれいならきれいなほど。お手本だと思えばいいから。担任の先生の字は、本当にそれくらいきれいな字だった。

「うーん……そんだけでいいの？」

「うん！　何て書くかはあたしが考える」

「じゃあ、いいよ」

「ほんと!?　じゃうちに来て！」

祐輔は桃子に連れられて彼女の家へ行った。校門から五分くらい離れたマンションだ。家には誰もいなかった。なので、居間の広いローテーブルに落ち着く。

「あんた、塾とか行ってないの？」

「うん。前はピアノに行ってたけど、今はお母さんがやってる書道教室に行くだけ。今日はないよ」

「おうちが書道教室なんだ。あ、適当に食べて」

桃子は、ジュースとお菓子をばらばらとテーブルに並べる。ものすごい数のお菓子は、すべて開けられていた。うちでこんなふうに食べたら、お母さんにはり倒されるなあ。

「村松さんはどっか行ってるの？」

「うん。けっこう行ってたんだけど、みんなやめたの」

「何で？」

「何でって……つまんなかったから。じゃああんたは、どうして習字習ってんの？」

「だってうちはじいちゃんが怖いんだもん」

桃子はきょとんとした顔になった。目が案外大きい子だと、よくわかる。しかめっ面《つら》ばかりしているのは、もったいない。

「じいちゃんは、偉い書家なんだよ」

「しょか？」

「書道でお金もらう人。画家みたいなもんだね」

「ふーん……プロってこと？」

「そうだと思うよ」

「それと怖いってことが何の関係があるの？」

桃子は全然わかっていないようだ。

「教室に行ってれば、じいちゃん上機嫌だからってことだよ。行ってなくたってやらせるんだもん、結局」

普段はとにかく面白いし、傑作なじいちゃんなのだが、書道のことと、あと「筋を通す」ということになると、一切の妥協は許さないのだ。

「習字嫌い？」

「ううん、好きだよ。でも、じいちゃんみたいな書家になるかはわかんないし、今からそんなこと決めたくないからさあ」

えびせんをぼりぼりしながら、祐輔は言う。

「あんたんちってお金持ち？」

「ううん。うち、ボロだよ」

一応一戸建てだが、子供の目から見ても、本当に古い家だというのはわかっている。新しくてぴかぴかしているここの方がずっといい。こんなにきれいに片づいていないし、しょっちゅうやかましく誰かの声が響いている。寝る時と冬をのぞいて、いつもどこかが開いている。そう考えると桃子の家は、ちょっと閉め切られている感じだ。

「兄弟いるの？」

「うん。妹二人。うるさくてしょうがないんだよ。こないだもさあ――」

桃子は、突然テーブルの上を片づけて、さっきの原稿用紙を広げた。

「書いて。早く書いて」

「あ、うん」

祐輔はジュースを飲み干した。桃子の差し出した赤ボールペンを手に、原稿用紙へ向かう。

「……何て書くの？」

「あ、そうか。えーと……」

桃子はしばらく考えたのち、こう言った。

「『楽しそうに書けてますね。今度はお父さん、お母さんと一緒に行きましょう』」

「ほんとはないんでしょ？　行けないじゃん」

「うるさい！」

桃子の大声に、祐輔はびくっと身体《からだ》を震わせた。そんなふうに怒鳴られるとは思わなかったから――。

「あ……ごめん」

桃子はあわてて謝る。

「いいから……早く書いて」

「う、うん……」

祐輔は多少のうろたえを残しながら、再び原稿用紙へ向かう。目をつぶって、先生の字を思い出して――そして、ボールペンを走らせた。似ているかどうかはよくわからないが、これなら返された宿題の作文には見えるだろう。

「うまいねえ。よく似てるよ」

先生がいつも最後にするサインまで、書いておく。

「すごい。完璧《かんぺき》!」

桃子の顔が、ぱっと明るくなった。そんなに喜んでくれるとは――。あまりにも喜ぶので、かえって戸惑ってしまう。さっき怒鳴ったくせに。

「ありがとね!」

「ううん、いいけど……」

「あっ、そうだ、そろそろママが帰ってくるから!」

とってつけたように、桃子がまくしたてる。

祐輔にとってもありがたかった。これ以上ここにいると、混乱するばかりになりそうだ。喜んでるみたいだから、まあいいか。

数日後、今度は祐輔の方が、げた箱の前で桃子を待っていた。

この間は素晴らしい夕焼けだったが、今日は雨だ。祐輔は置き傘を手に、げた箱に寄りかかる。桃子は多分、傘を持っていない。そんな気がするだけだけど。

祐輔があの作文にコメントを書いた次の日や、次の次の日——教室での桃子は、まだ喜んでいるように見えた。誰ともしゃべらなかったが、何となく明るかったのだ。でも、なぜか最近元気がない。というより、とても暗かった。あの作文は、いったい何だったんだろう。母親に見せると言っていたが、本当にそうだったのか……。

「どうしたの、徳田くん。傘ないの？」

廊下から、担任の先生の声が聞こえた。ちょっとびっくりしたが、それは字を真似たせいではない、と祐輔は思う。桃子は、あの作文を悪いことには使ってはいない、とも。

「傘はあるよ」

「そうなの？　誰か待ってるのかな？」

「うん。村松さん」

先生が、ちょっと顔をしかめる。村松桃子は問題児だ。他の教師がそう言っているのを、昨日聞いた。

けれど、先生はそんなことには触れず、

「そう。早く帰りなさいね」

とだけ言って、祐輔に背を向けた。

雨はざあざあと耳障《みみざわ》りな音を立てていた。父の実家がある村は、こんな雨が降る時、とてもいい匂《にお》いがする。祐輔は縁側に出て寝転び、止《や》むまでずっとその匂いを胸いっぱいに吸い込む。たまには濡《ぬ》れて歩く。自分までいい匂いになるみたいだからだ。

東京の雨は、傘がないと歩けない。そんな気がしてならなかった。

ちりん、と鈴の音が雨に混じった。

祐輔が振り向くと、桃子が呆然《ぼうぜん》とした顔でこっちを見ている。

「村松さん、傘ある？」

桃子はしばらくじっと動かなかったが、やがて首を振った。

「じゃあ、一緒に帰る？」

その質問には、何の反応もなかった。

祐輔は突然、東京の雨にも匂いがあることに気がついた。とがっていて冷たくて、哀《かな》しい匂いだ。吸い込むと、涙が出そうだった。

彼は、迷った末に、ずっと訊きたかったことを桃子に言ってみた。

「あの作文……お母さんに見せた？」

ふいに桃子の目から、涙がこぼれ落ちた。やがて彼女は、雨にずっと打たれ続けたようなずぶ濡れの顔になる。

祐輔は、何も言えずにただ立ち尽くしていた。あの作文……桃子は誰にも見せなかったのだ。見せる人は、いなかったのかもしれない。

「帰ろう」

祐輔の言葉に、桃子は泣きながらうなずいた。

4

「それで死んじゃったと思ったの……？」

「そうだよ、無理ないでしょ!?」

確かめないところがいかにも子供だ、と立川は思う。

「かわいそうだと思って仲良くしてたのに、僕の気持ちを踏みにじってるよね。よくわかんないんだよ、桃子って。もう困ってるんだよ、僕」

そう言いながら、さほど傷ついた様子も見せない。憤慨しているというより、あきれたような口調である。

「これじゃあ、お母さんも妹も、いるのかいないのか、さっぱりわかんないよ……」

桃子という少女は、かわいい顔をして、複雑な性格の持ち主のようだった。祐輔はため息をついてサンデーのスプーンをとるが、もう食べるところはなくなっていた。

「祐輔くんって、そんなに字がきれいなの？」

ぶたぶたがたずねる。

「うーん、まあまあ。じいちゃんはまだまだだって」

「ちょっと書いてみてよ」

祐輔はコースターの裏に、ボールペンで自分の名前を書いた。

「うわっ、お前はほんとに小学生か⁉」

立川が思わず声に出すほどきれいな字だった。が——。

「これは普通の字。じいちゃんに見せるようなのはこっち」

達筆すぎて読めないような漢字を、何のためらいもなく、すらすら書いていく。しかもナプキンにだ。

「ボールペンだとうまく書けないなあ」

そんなレベルではない。まさしく幼い頃から、〝書〟を叩き込まれているようである。

「有名な書家のじいちゃんって、名前は何ていうの？」

「徳田夕勝《ゆうしょう》っていうんだよ」

ぶたぶたは「知らない」と首を振ったが、

「あ、聞いたことある」

立川には憶えがあった。テレビに出ていたのだ。

「ほんと⁉　今度じいちゃんと話してよ。知ってる人以外でじいちゃんのテレビ見てる人がいないってぶつぶつ言ってるからさあ」

と言っても、本当に名前しか知らないのだが。

祐輔は、氷の溶けたジュースと、ついでに水も飲み干す。

「ごちそうさま。どうもありがとう。桃子には、僕から言っときます」

祐輔はそう言うと椅子から立ち上がる。名残惜《なごり》しそうにぶたぶたの方を見やった。

「また会いに来てもいい？」

「いいよ。いつでもおいで。いない時があるかもしれないから、電話でもして」

「うんっ。もう一度、鼻触ってもいい？」

祐輔は鼻に触り、満足そうな笑顔のまま、ファミレスを出ていった。今日のことは、ぶたぶたの鼻で帳消しのようだ。


夜遅くなって、赤ちゃん誘拐事件を担当している島が署に戻ってきた。

「メシ食いに行くか？」

祐輔を帰してすぐに彼へ連絡をとったのだが、その結果を教えてくれると言う。

「村松桃子の母親は、およそ二ヶ月前に出産してる。所沢市の病院だ。生まれたのは女の子。所沢市には母親の実家があるし、出産前からかなり長い間入院をしていたようだ。いったん家に帰っていたようだが、今はまた実家から通院をしてる。怪しい点は特になし。子供は確かに同じ頃に生まれているが、特徴と一致しない。血液型も違う。別人だ。娘が誘拐犯呼ばわりしたことは、とりあえず伏せといた」

島のリズミカルな口調に合わせて、ぶたぶたが、鼻をぷにぷに押している。

「うーん、何を言いにここへ来たんだろうなあ……。あまりにも、見え透《す》いてるよね。ほんと、わざわざ嘘を言いに来ただけじゃないか」

ぶたぶたの言葉に反応するように、水槽の中のアロワナが頭を振った。

ここは、ぶたぶたと島だけではなく、春日署員の大半が行きつけのとんかつ屋だ。容疑者がかつ丼を食べたがった場合も、ここから取る（ただし実費で）。

しかし、とんかつをぶたぶたと食べるなんて、あまりに悪趣味、共食いじゃないか、と思ったが——。

「共食いだったら、ぬいぐるみ食うべきだろ？」

島が言う。見透かされた。

閉店間際なので、店内には客が少ないが、ぶたぶたたちは広いテーブルを避け、アロワナに向かい合って食べるこの席をわざわざ選んだ。水槽の長さは、ちょうど三人掛けテーブルの幅と一致していた。

「食事しながら仕事の話をしなくちゃならん時は、ここに来るんだ。アロワナは無口だからな」

島は、のんびりと泳ぐ立派なアロワナを指さす。立川は、ちょっと複雑な気分になる。

水族館で食事をしているようだった。しかも大の男二人とぬいぐるみが三人並んで。

「いたずらだとしても、念のために調べにゃならん」

島がため息をつく。立川の懸念《けねん》をよそに、ぶたぶたと島は仕事の話を続けていた。とんかつはとても美味だったが、島はずっとしかめっ面で食べている。味がわからないだろう。

お店の人が、サービスでミックスフライまでつけてくれたのに。

「その徳田祐輔って子のうちがやってる書道教室に、通ってるんだ」

「あ、お子さんが？」

「いや、俺が」

捜査本部の入口に貼《は》ってある垂れ幕を書いたのは、島だった。

「だからですか？」

「んなわけないだろう」

立川は、島に頭を小突《こづ》かれる。

「捜査は進んでるんですか？」

「いーや、全然」

両親が聞いたら、たおれそうなことを島は言う。

「もう東京にはいないんじゃないかって思うよ。でも、これは俺の勘だけど、犯人は赤ちゃんを大事に扱ってると思うんだよなあ……」

予断はいけない、とは言うが、最悪の事態のことなど誰も考えたくない。特に被害者が生まれて間もない乳飲《ちの》み子では。島には、二人の子供がいるのだ。

「富樫《とがし》さんはどう思ってるの？」

富樫とは、捜査本部の実質的な責任者で、警視庁の警部だ。

「あの人も――というか、みんな同じように考えてるよ。とにかく地道に聞いてくしかないよなあ……もっと効率が上がればいいんだけど……」

島は、冷たいお茶をぐいっと飲んで、顔をしかめた。

「歯医者に行かなきゃ……。疲れてくると、すぐぶり返す……」

島は、イカリングを食べている立川をにらみつける。

「具合悪かったら、紹介してやるぞ。白石さんっていうんだ」

「結構です……」

立川は、イカを一回で噛《か》み切って、飲み込んだ。島はふんっと鼻を鳴らして、そっぽを向く。

「まあ、がんばるわ。場合によっては、その子供から事情を聞くようなことがあるかもしれないけど、その時はちょっと協力してくれ」

「いいよ。いつでも言って」

島は、疲れた背中をさらしながら、せかせかと去っていった。

「あの子――何か理由があるにしても、誘拐事件とは関係ないですよね？」

ぶたぶたが、ずっと鼻を押しているので、立川は何となく落ち着かなかった。あんまり押していると、鼻がどんどん柔らかくなってしまう。

「だと思うけど……やっぱり桃子ちゃんに話を聞いてみたいね」

アロワナはぶたぶたに同意するように、ぴちゃんと跳ねる。ごっそり水が飛んできて、二人ともテーブルから飛びすさった。

5

ぶたぶたの望みは、次の日の午後にかなえられた。村松桃子が、一人で春日署へやってきたからだ。

ぶたぶたと立川が外から帰ってきた時、受付の椅子に座っていた彼女が振り向いた。

「あっ、昨日の村松桃子ちゃんだね？」

そう言ったぶたぶたの鼻先をじっと見つめたまま、表情はしばらく変わらなかった。また帰ってしまうのではないか、と思ったが――やがてにっこり笑った。その笑顔は、とてもかわいらしいものだったが、なぜかひきつっているようにも見えた。

「まあまあ。奥へどうぞ」

立川の言葉に、桃子は素直に昨日と同じ応接コーナーへ足を踏み入れた。

「昨日は失礼しました」

大人びた口調で、ぺこりと頭を下げる。うーん、何だこのしおらしさ。ぶたぶたは、ローテーブルの上に座って、まるで柔軟をするように、「いやいや、どうも」と身体を折り曲げた。

「徳田くんから聞きました。ぶたぶたさんって、本物のぬいぐるみなんですってね」

「そうだよ」

「ぬいぐるみなのに刑事さんなんて、すごいですね」

「いやいや、そんなこともないよ」

何だこの会話。台本の読み合わせのようではないか。

「それで、祐輔に言われたんで、昨日のことをもう一度話そうと思って来たんですけど――」

「ああ、どうぞ。何でも話してください」

一応、立川はメモ帳を取り出す。桃子は、ほっと一回息をついて、しゃべりだした。

「うちにいる赤ちゃんを、本当のお母さんのところに帰してあげてください」

いきなりそう来たか。桃子は、いたって真面目《まじめ》な顔をしている。昨日とは、違う表情だ。

「うちのママがやったことは、悪いことだと思います。だから、早く帰してあげて」

「それは、勘違いかもしれないって、昨日言ってたね？」

「そうだといいって思ってるんです。でも——」

必死な形相だ。何に対してこの子は真剣になっているのだろう。本気で親が誘拐をしたと思っているのか、それとも自分の嘘を信じて欲しいのか——。どちらにしても、なぜ？

「桃子ちゃん——どうしてお母さんが誘拐したって思ったの？」

彼女は、ぶたぶたの問いに怪訝《けげん》な顔をした。

「昨日、ちゃんと調べたんだよ。君のお母さんは誘拐なんかしてないし、生まれた赤ちゃんは君の妹さんだ。だから、不安に思うことはないからね」

「あの子は、あたしの妹なんかじゃない！」

桃子が、突然叫ぶ。

「だって、全然似てないもん」

「でも、祐輔くんはそっくりだって言ってたよ」

「そんなの、あいつがおかしいんだよ。違うもん、絶対。あの子は、どっから来たのかわかんない子供だよ。どうしてわかってくれないの？」

わかってくれと言われても……それともこの子は、この世の人知《じんち》を超えた何かを、自分の妹に感じているのだろうか——ぶたぶたのように。

「そうは言ってもねえ、うーん……」

ぶたぶたはうなって、頰杖《ほおづえ》をついた。ムンクの「叫び」のようだったが。

「お母さんに、このことは訊いてみたの？」

桃子は首を振る。

「何で訊かないの？」

「それが警察の仕事でしょう？」

本当に疑わしかったら、だが。

「まず、自分でちゃんと訊いてみなきゃ」

ぶたぶたの言葉に、桃子の顔は歪んだ。唇が震えている。ショックを受けたようだ。

「訊けないから、ここに来たんじゃない！」

「何で訊けないの？」

「だって、間違いかもしれないでしょ？」

「それを確かめなきゃ」

完全に堂々巡りになっていた。ぶたぶたは困りきっているようだが、彼女はますます興《こう》奮《ふん》してくる。

しかし、それにしても何が言いたいんだ？

「違うでしょ！」

桃子は、怒鳴ってテーブルを叩《たた》いた。ぶたぶたがはずみで飛び上がる。

「どうしてそんなことばっかり言うの？　わかってるくせに——」

そりゃ確かにわかっているといえば、わかっているのだが……。

「そんなこと言うために、あんた出てきたんじゃないでしょ？　違うでしょ？　何言ってんの？」

ぶたぶたを「あんた」呼ばわりまでして、説教するように桃子はぶたぶたに詰め寄る。

いったい何を言えというんだろうか。「お前は嘘をついている」とでも言えというのか？

「やっと会えたと思ったのに、どうしてそんな間抜けなこと言うの？」

やっと会えた？

「あんた、あたしの味方でしょ？」

知り合いだったのか？

立川のそんな気持ちを察したのか、ぶたぶたは首をぶんぶん振る。

「味方って……何？」

ぶたぶたはおそるおそるたずねた。

「知らないふりしてるの？」

桃子の目は、大きく見開かれる。

「どうしてそんなことするの……？」

涙がこぼれるかと思ったが、彼女の目は乾いていた。

「言ってよ。だったら、どうしてあんたがここにいるのかってことを！」

周りの人間も、黙りこくってなりゆきを見守っていた。みなは何を考えているんだろう。立川のように、ぶたぶたにはまだ秘密があるとでも思っているんだろうか。この少女しか知らない秘密が――。

桃子は突然立ち上がった。

「もういい。わかってたの、誰も本気にしてくれないって。でも、あんたがいたら、あたしの言うことは本当になると思ったんだよ」

桃子は、ふいに駆け出した。立川はあわてて腕をつかもうとしたが、するりと抜ける。

「待って！」

このまま帰してはいけない気がするのだ。

しかし、昨日のようには行かなかった。勢いよく駆け出した桃子は、人をよけ切れず、思い切りぶつかって床に尻餅《しりもち》をついた。助け起こそうとする人の手を振り払う。

「離して！　あたしにかまわないで！」

手を出さなくても一人でわめきたてている。完全に逆ギレだ。捕まって暴れるニホンザルのようだった。

立川とぶたぶたも近寄ってなだめようとするが、桃子はぶたぶたを見つけると有無を言わさずつかんで、部屋のすみに投げつけた。壁にぶつかって、ぽーんと床に転がる。

「あっ、何てことを——！」

公務執行妨害だぞ！

「桃子ちゃん！」

鋭い一喝《いっかつ》が飛ぶ。桃子はびくりと身体を震わせ、動きを止めた。栗原美佳が、騒ぎの中心に飛び込んでくる。

「いったいどうしたの？」

「何でもありません」

桃子は即座に答えたが、そんなことはないだろう。いくらなんでもそんな。ぶたぶたは、足を一生懸命揉《も》んでいる。パンヤが移動したぐらいなんだから。

村松桃子は、この春日署の少年係に幾度かやっかいになった子供だった。美佳は、以前少年係にいたので、桃子と面識がある。

「まあ、夜に近所のコンビニとかゲーセンを転々としてるだけなんですけどね。何度言っても帰らない時は、交番かここに連れてきたんです。学校には一応行ってるけど、保健室で寝てることも多いみたいですね。友だちも少ないみたいだし。見た目はおとなしいけど、表面にあまり出てないだけって感じがするんですよ」

「親は何してるんですか？」

「それが一番問題なんです。一応言い聞かせたりはするみたいですけど、効果があるとは……。人様にひどく迷惑をかけてるわけじゃないけど、危ないからもっと早く帰ってくるとか、気にかけてあげればいいのに……なかなかできないみたいですね……」

「学校の成績とかは？」

「それが、ものすごくいいんです。もう驚くぐらい。頭がいいから、先生をバカにしてるところもあるんじゃないかな」

何ともいやな子供である。

桃子は今、会議室にいる。少年係の婦警と一緒だ。だんまりを決め込んでいる。父親が迎えにやってくるのを待っているのだ。

「それにしても、どうしてそんな変なこと言ったりしたのかしら。あんなに感情を露《あら》わにすること、今までなかったのに……」

「なんかぶたぶたさんと話してたら、急に変わったんですよ」

ぶたぶたは困ったような顔をして、二人を見上げていた。

「桃子ちゃんは僕のこと、知らないよね？」

「はあ、知らないと思いますよ。あの子、ぬいぐるみとかお人形とか、そういう子供っぽいもの大嫌いって言ってたんです」

そうなのか。そのくせ、ドレス着られるようなイベントハウスのことを自分ででっちあげていたのに――。

「ぶたぶたさん、本当に知らないんですか？」

「知らないよー」

心外、という顔になる。

「僕はまたてっきり、あの子がぶたぶたさんの知られざる秘密を握っているのかと思いましたよ」

「そんなの、あったらこっちが教えてもらいたいよ」

秘密は本当にないのだろうか……。どちらにしても、彼女の言動は気になるが。

一時間して、桃子の父親がやってきた。

彼は、見た目はこの上なく人がよさそうだった。「申し訳ありません」と深々頭を下げる様子は、痛々しささえある。

けれど、少年係の婦警の説明に対して、返事はとてもいいのだが、果たしてわかっているのか、という印象も残った。何しろ、娘が母親――つまり自分の妻を誘拐犯呼ばわりしたのだ。なのに娘を、少なくとも人前で叱《しか》ることはなかった。原因についてたずねられても、「わかりません」を連発するばかりだ。疲れているのか、考えようともしていないらしい。ただひたすら、すまなそうな顔をし続ける。

その上、こんなことまで言う。

「このことはママに黙っててあげるから」

そう言われた時の桃子の表情はほっとしていたけれども、親として、そんな臭《くさ》いものにフタをする態度はいかんのではないか、と立川は思う。同じことがくり返されると、耐性ができたかのように受け入れてしまう人はいるけれども――。

警察署を出ていく父娘の後ろ姿は、何だか他人同士のようにも見えた。

「ぶたぶたさん」

「何？」

「あの子は、どうしてぶたぶたさんのことを、〝味方〟って言ったんでしょうか」

立川は、彼女がどんな生活を送っているのか、想像してみたのだ。

父は仕事で忙しく、母は育児に追われ、体調もすぐれない。友だちもあまりおらず、やりたいこと、打ち込めることもなさそうだ。あまり勉強しなくても、成績はいいんだろう。というより、点数は取れる。だから、学校もつまらない。

あの子は多分、自分がたった一人で生きていると錯覚してしまっているはずだ。だって実際に、一人で起き、食事をし、学校へ行き、一人で帰り、家や街で時間を過ごし、一人で眠っているに違いない。それでも毎日、昂然《こうぜん》と背筋を伸ばし、独りで歩いているのだ。たまには両親と、架空の場所〝ラパゥランド〟へ行きたいと思いながらも。

「味方になれるなら、なりたいけど……あの子が望んでいるようなものには、何だかなれそうにない気がするよ」

一瞬ぶたぶたが弱音を吐《は》いたと思って、思わず顔をのぞき込んだが――特に落ち込んだ様子はなかった。……ってどうしてこんなことがわかるんだろうか。

「自分がどうしてここにいるか、なんて、普通説明できないもんね。あの子の味方は、それがちゃんとわかってるみたいだよ」

そう言って笑う。立川も考えてみるが、出てきた結論にしっくりいくものはない。自分は自分だから、というのが、一番近いもの――いや、それぐらいしかない、と言うべきだろうか。

そう考えると、ぶたぶたさんはぶたぶたさんなんだなあ、と当たり前のことを思って、立川は少し、しみじみしてしまった。

彼女の夫——結婚はしていないが、もう長いこと一緒に暮らしている——は、とても優しい男だ。

彼女が、見知らぬ赤ちゃんを連れてきて、「友だちから預かった」と言っても、まったく疑わなかった。彼女の友だちには、苦労しているシングルマザーがたくさんいたからだ。子供を預かったことはなかったが、あっても不思議ではない。彼女はとても子供好きだから。

けれど、所詮《しょせん》は見え透《す》いた嘘だ。次の日、テレビのニュースで誘拐事件を知った時、彼はすぐに気づいた。うちにいるのは、この赤ちゃんであると。

まさか、と問いただす彼に、彼女はあっさり認めた。彼は激しく責めたが、同時に彼女の話も聞き、その気持ちを一晩かけて理解してくれた。彼女の気持ちは、夫である彼も感じていたことだったからだ。

ほんの少し、そう、預かるだけ——と二人はお互いに言い聞かせ、赤ちゃんの世話をした。

赤ちゃんが家に来て二日後、夫がビデオカメラを買ってきた。

いつか帰さなくてはならないのなら、せめて映像だけでも撮っておきたい、と夫が自分で考えて買ってきたのだ。彼も、赤ちゃんの愛らしさに魅了されていた。

二人でかわるがわるにビデオを持ち、赤ちゃんの表情を追った。一日の出来事、すべてをおさめた。あっという間に記録メディアの山ができる。

あと一日、あと一日だけ——と思っているうちに、離したくなくなる。そんなことは、最初からわかっていた。彼だって、そうならないように、自分が歯止めになろう、と考えていたはずだ。

けれど、この家には二人しかいない。誰かがひとこと、「帰しなさい」と言ったら、そこで終わっていただろうに。

そうなったら帰そう。私たち以外の人間に、帰してもらおう——そう願いながら、あるいは恐れながら、二人は毎日を過ごしていた。

しかし、誰もそこには来なかったのだ。そんなこと、この家ではとても珍しいことだった。それがこんな時に限って起こるなんて——。

幸せな気持ちと罪悪感に、彼女は押しつぶされそうだった。動けない、動かない自分たちを責めた。この子の両親が、どれだけ悲しんでいるかもわかっていたから、余計に——。

ある夜、彼女は赤ちゃんにミルクをあげていた。彼は、そんな彼女をビデオにおさめている。

「どうして、この子を連れてきたんだろう」

彼のつぶやき――独り言だった。それは何度も話したことだけれど、いくら話しても足りないことのように、二人とも思っていたのかもしれない。

彼女はその理由を、彼にではなく、カメラに向かって話しだした。相手はいなくてもいい。でも、強《し》いて言うなら、この子の両親に向かってだった。そして、それはいつしかそのとおりになっていく――。

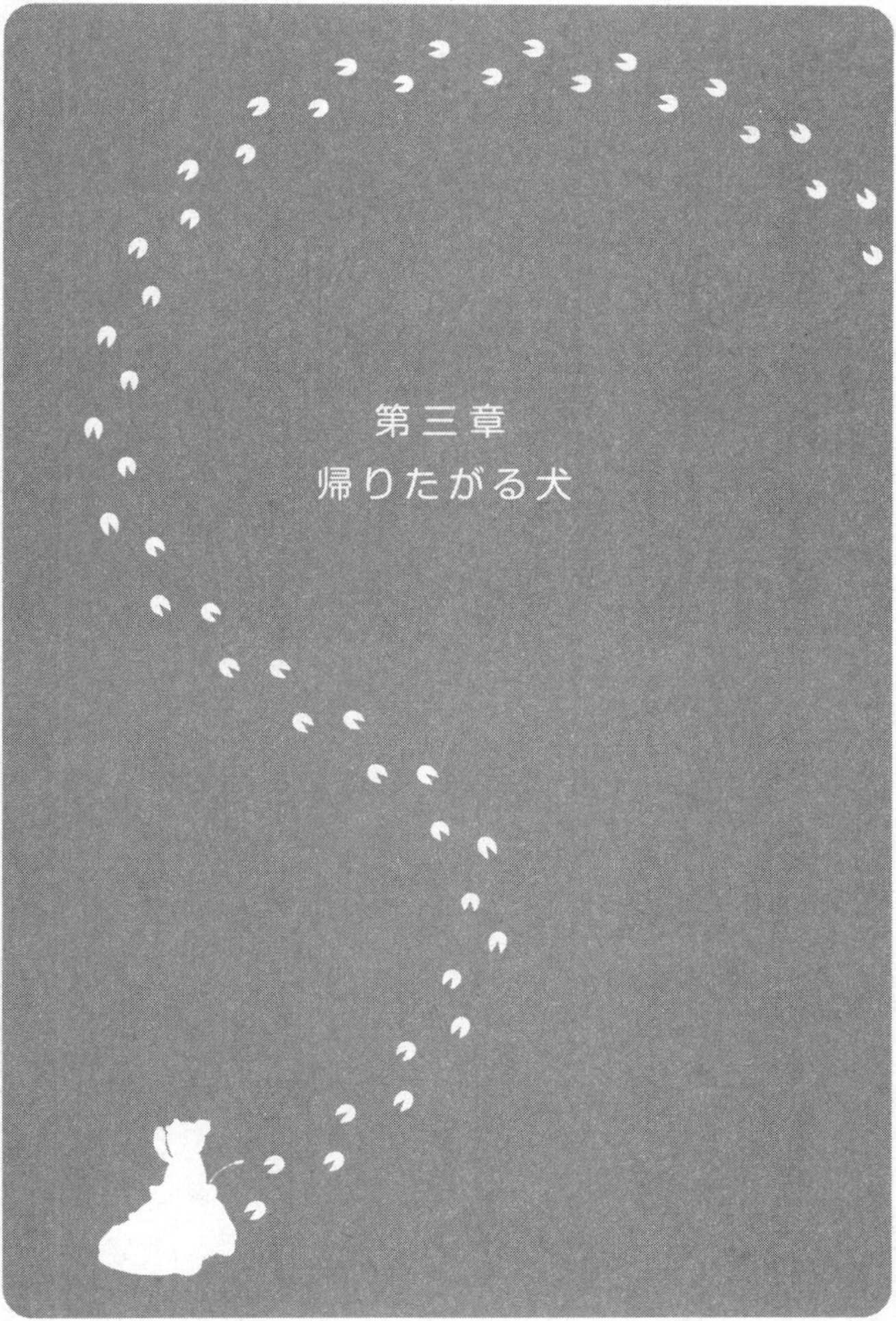

第三章
帰りたがる犬

1

その女性は、一匹の犬と、一本のネックレスを携《たずさ》えて、春日署へやってきた。

女性の名前は、清水由利《しみずゆり》。駅の北口方面に広がる閑静《かんせい》な住宅街に住んでいる、ごく普通の、かなり善良な主婦だ。

「この犬がつけてるネックレスのことで、ご相談があるんです」

立川の前に座るなり、彼女はこう切り出した。犬がいるので、今いる場所は会議室だ。

かなり大きな犬だった。ゴールデンレトリバーという奴だ。愛嬌《あいきょう》のある目、笑っているような口元、美しい毛並み。しかも、とてもおとなしくて行儀がいい。由利が「伏せ」と命令をかけると、そこから絶対に体勢を崩さない。賢い犬のようだった。

頭を撫《な》でてやると、しっぽをふっさふっさ振る。床のほこりが舞った。

「ネックレスって——」

立川が切り出したと同時に、ぶたぶたが会議室に駆け込んできた。

「ごめんなさい、遅れて——」

語尾の方は聞こえなかった。今まで微動だにしなかった犬が、突然すっくと立ち上がり、ぶたぶたに飛びかかろうとしたのだ。由利も、その対象が人間だったら、すぐに制止がかけられたろうが、彼女自身も驚いていた。ぶたぶたを見て、目を丸くしている。

犬は散歩用のリードをひきずって、入口近くのぶたぶたに飛びついた。

「きゃあああっ」

「ぶたぶたさん！」

「わああ、立川くん、止めてーっ」

犬はぶたぶたを押さえつけ、くんくん匂《にお》いを嗅《か》ぎ、あろうことかべろべろなめだした。

「あれは……おもちゃ？」

由利が、立川にたずねる。

「いえ、あの人も……刑事なんですけど……」

由利は一瞬押し黙ったが、

「……カナは、だいぶ気に入ったみたいね」

もてあそばれるぶたぶたを、気の毒そうに見つめる。

やっとのことで犬の攻撃というか、愛情表現から解放されたぶたぶたは、熱いタオルで身体を拭《ふ》いてもらって、何とか事情を聞ける状態に戻った。

「これなんですけど――」

由利は、犬の首についていた問題のネックレスを、ぶたぶたに差し出した。現在彼は、机の上に座っている。犬は机の下だ。頭上をものすごく気にしている。

ネックレスは、ごくシンプルで、カジュアルなデザインだった。銀色の鎖に、同じく銀色の葉っぱのモチーフがいくつかついている。モチーフの端《はし》には、小さな透明な石が入っているが――。

「これ、鎖と葉っぱはプラチナですか？　で、この石はダイヤ？」

ぶたぶたの質問に、由利はうなずく。

「そうです。ダイヤは小さいですけど、とても品質がいいものなんですって」

立川はそれを持って刑事課の部屋に戻り、パソコンの前に座った。二週間前に起こった窃盗《せっとう》事件の盗品リストを立ち上げる。駅前の宝石店が襲われたのだ。店の品物は、根こそぎという感じで持ち去られていた。明らかにプロの仕業《しわざ》だ。手がかりを残さなかったという点でも。手口から見て、常習犯であることは確かなのだが、今まで一度もしっぽがつかめなかったのだ。

「あった」

由利が持ってきたネックレスは、その盗品リストの中に入っていた。あんなに小さいくせに、あのダイヤの質は、盗まれたものの中では最上級に入るものだった。当然値段は――「いちじゅうひゃくせん……」と数えなければ読めない。

会議室に戻ると、ぶたぶたたちは和《なご》やかに雑談をしていた。由利は、ちょっと小太りの身体を揺らして笑っている。犬が話に加わっていてもおかしくない光景だが、そんなことはなかった。

「ありましたよ、ぶたぶたさん」

盗品であることが確認されたと聞くと、とたんに真剣な顔になる。

「やっぱりそうだったんですか……」

「この子があのネックレスをしてたんですね？」

ぶたぶたが再び質問を始める。

「そうです」

「名前は？」

「カナです。そう書いてあるプレートをしていました」

それはまだ犬の首にかかったままだ。

「それもお預かりしてよろしいですか？」

「どうぞ、いいですよ」

由利がプレートをはずして、ぶたぶたに渡す。金色のプレートには、「ＫＡＮＡ」と大きく書かれていた。

「メスですか？」

「そうですね」

「お宅に迷い込んできたのは、いつです？」

「ちょうど一週間前の日曜日の朝でした。うちは、日曜日の早朝に夫婦で散歩に行くんです。それから帰ってきたら、家の近くで誰にも連れられてないこの子を見つけました」

「どんな様子でした？」

「そんなに汚れてはいませんでしたよ。でも、お腹がすいてたみたいです。うちは、野良猫が庭に来るんで、そのためにキャットフードを出しておくんですが、子供がそれを出したばかりだったんで、匂いにひかれてやってきたみたいですね。

頭を撫でてやるとしっぽを振ったんで、庭に入れて、とりあえずキャットフードをあげたら、すごい勢いで食べてしまいました。息子たちが喜んで相手をしてやっていたら、庭から出なくなってしまったんで、そのままうちに置いてるんです」

そんな浅いつきあいとは思えないほど、犬は彼女になついているようだった。

「犬は飼われてるんですか？」

「ええ。うちの中で小さいのを。この子ほど頭はよくありませんけど。よくしつけてありますよ、ほんとに。全然鳴かないしね」

「飼い主を見つけたりしましたか？」

「いえ、まだです。ミニコミ誌にそういうのを出そうとしていた時に、ネックレスのことがわかったんですよ」

「それはまたどうして？」

「窓ガラスに傷がついてたんです。外側に。最初は泥棒かって思いましたけど、ただ傷ついてるだけに見えたんで、おかしいなと思ってたんですよ。そしたら、かゆかったのかしら、それとも暑かったんでしょうかね。縁側にこの子が寝そべっていたんですが、ガラスに身体をおしつけてたんですね。で、身体を動かすと何だかひっかくような音がするのに気がついたんです。よく見たら、この子がしてるネックレスがガラスを削《けず》ってたんですよ」

「そのネックレスは、最初から犬がしていたものですね？」

「はい。似合ってたから、そんなに気にしなかったんですけど――」

「それで、宝石店に持っていったんですか」

「ええ。おもちゃかなって思ってたんですけどね。ちょっと泥で汚れてたし。シャンプーする時に取ったら、ずいぶん重かったんですけど、かわいいからそのままにしてて。でも、さすがにガラスが傷ついたのを見て、宝石店に持っていきました。質屋を一緒にやってるところだったんですけど、そこで『警察に届けた方がいい』って言われて、あわててここに来たんです」

カナは、自分のことを言われているとは夢にも思っていないようで、床に伏せて目を閉じてしまっていた。

「君のご主人はどこかなあ？」

ぶたぶたが机の下をのぞき込むと、驚いたように身を起こす。じっと前を見据え、くーんと鼻を鳴らした。

このような形で盗品そのものが姿を現すとは、思ってもみなかったことだ。果たして偶然なのか、それとも意図的なのか——。

ネックレスからの指紋は、清水家の人たちのもの以外は検出されなかった。「KANA」と名前が入ったプレートからも清水家以外の指紋はなし。両方とも、由利がきれいにしてしまっていた。

犬が清水家に迷い込んだ時、あまり汚れていなかったので、比較的近い地域——おそらく区内から逃げてきた可能性が高い。車で来て、そこから迷ったとなるとわからないけれども。

現場だけではなく、清水家を中心に、新たな聞き込みを始めることになった。レトリバー自身に鑑札が出ているかどうかはわからない。動物病院を当たっているところである。とにかく、飼い主を特定することから、突破口が開けそうだった。まさかネックレスをしたまま捨てたとも考えられないので、探しているかもしれない。

「犬の帰巣《きそう》本能を試してみるのも、一興《いっきょう》だと思うんだ」

君島が言う。

「子犬であっても、自分ちを探し出して帰る。そういうのをテレビで見たぞ。それに、探していのなら、あっちの方から接触してくるかもしれない」

「でも、人が連れていれば、その人の飼い犬だと思われますよ」

「ああ、そうか……」

君島はしばらく考え込んでいたが、やがて言った。

「じゃあ、人じゃなきゃいいんだろ？」

ぶたぶたが顔を上げる。

「それは僕に言ってるんですか？」

「うーん……まあ、そうだ」

「僕じゃ犬に引きずられますよ」

あの大きなレトリバーを紐《ひも》でひっぱることなど、いくらぶたぶたでも無理だ。

「そうだよなあ……」

君島はまた考える。

「じゃあ、これはどうだ？　ぶたぶたさんに乗ってもらうってのは」

「……犬に？」

「……無理かな？」

しばらく沈黙が続いた。咳払《せきばら》いをして君島が口を開く。

「まあ、とにかくぶたぶたさんと立川に、犬はまかす。今日一日連れ回してみてくれ。それで家がわかったり、犯人が接触したりすればめっけもんって感じだな」

ぶたぶたと立川は、カナが預けられている裏の犬舎に向かった。

ちょうど栗原美佳が他の警察犬と一緒にカナを遊ばせているところだった。

カナを連れ出す説明をすると、彼女は意気込んで叫ぶ。

「あれ使ってください、あれ！」

「あれって何？」

「警察犬用に鞍《くら》を作ったじゃないですか！」

ぶたぶたはうーんとうなる。

「あれは結局、リードでも全然変わりないってわかったじゃないか」

美佳は、犬用の両脇に下げるタイプのデイパックを改造して、ぶたぶた用の鞍を作ったのだそうだ。キャンバス地製で軽く、あぶみまでついているという。でも、走ったらついてもついてなくても同じで、結局はリードを短めに持っていれば充分だということがわかった。

「でも、犬が座っても降りる必要はないですよ！」

赤ちゃんをおんぶするための紐《ひも》に、お尻を乗せる場所がついていたりするが、背もたれがその役目をするらしい。

「そんなに楽をしなくていいよ」

ぶたぶたは、優しく美佳の提案を退《しりぞ》けた。

「わざわざ作ったのに、今利用しなかったら、いつ使ってくれるんですかあ……」

心底《しんそこ》残念そうに言う。

「車だって、専用のを作ったのに――」

「あれは一方向にぐるぐる回るだけだったじゃないか」

「今、改良してるんです！」

立川がここに来た日に回っていたのは、その車でか。普通車の運転ができるんだったら、ラジコンの車に乗ることはあるまい。

「変わった人だ」と言ったぶたぶたの言葉がようやくわかった。

「何でも作るんだよ、栗原さんは」

立川に諭《さと》すように、ぶたぶたが言う。

「小さい頃から、お人形の服とか作るのが大好きだったんですよね」

この分では、服も相当作られているのではなかろうか。着ているところは見たことないが。

美佳はようやくあきらめたようで、カナにリードをつけてくれた。立川がおそるおそるカナの背中にぶたぶたを乗せる。少し気にしたようだが、いやがることはなかった。

「あ、そういえば、別に君島さんは乗れとは言ってなかったでしたね」

「うん、そうだけど――」

カナが勝手に歩き出した。

上空ががやがや騒がしい。窓から交通課の婦警たちが鈴なりに顔を出していた。

「ぶたぶたさん、かっこいー!」

きゃーきゃー声援が飛ぶ。ぶたぶたが手を振った。まるでカウボーイである。

カナは駐車場から、表に出ていこうとしている。自分の家に、帰ろうとしているのか?

「まあいいや。このまま行こうよ、立川くん」

結局カナは、ぶたぶたを乗せたまま、警察署をあとにしたのだった。

2

警察署の横の道を抜けて、カナは駅の方向へ向かっていた。

立川はそのあと、紙袋を持って続く。

ぶたぶたはかなり目立っていた。人間が連れているのとぶたぶたとでは、どっちがよかったろうか、と考える。立川だって、スーツで連れていたら目立つというか変だろうが、今は私服のジーンズとワークシャツだ。紙袋の中は、ビニール袋とスコップ、エサ、水、新聞や雑誌。どう見ても、ちょっとそこまで買い物に出た好青年にしか見えない。しかし、これで犬を連れていても、ぶたぶたより騒がれるなんてことはないだろう。

道行く人が、必ず振り向くのだ。子供や女子中高生が、

「超かわいー!!」

と叫びまくる。そして、金のがちょうのごとく、ぞろぞろついてきてしまうのだ。ぶたはいいが、カナが困ったような顔をするので、立川がギャラリーを蹴散《けち》らすと、子供が「バカ」とか「けち」とか憎《にく》たらしい口をきく。ぶっ飛ばしたくなるが、警官なので我慢する。

こんなに騒がれるのであるなら、やっぱり自分が連れていこうか、とも考えたが、あまりにもかわいいので、つい躊躇《ちゅうちょ》してしまう。つぶらな点目《てんめ》でまっすぐ前を見据え、手綱《たづな》をきちんと両手で握るだけでも愛らしい。後ろから見ると、ちょこんとはみ出たしっぽがまたたまらないのだ。いつもの黄色いリュックもアクセントになっている。しかし中身は警察手帳と携帯電話という、かわいげもへったくれもないものであるが。

そして、カナがまたかわいい。周りにたくさんの人が群がると、不安そうに背中のぶたぶたを見やるが、吠《ほ》えたり走り出したりもせず、実に我慢強いのだ。

大きな犬に乗って学校に行きたいと、子供の頃に思ったことはなかったか。しかし、犬は上からの力に弱いので、いくら子供でも無理なのだが、ぶたぶたなら大丈夫なのだ。あ

あ、ぶたぶたがうらやましい――と立川は本気で思う。

警察署があるのは駅の南口方面なのだが、カナはゆっくりと高架の下を抜け、北口方面に出る。高層マンションや商店街のある南口とは違って、こちら側は低層住宅や学校が主だ。

カナはひっきりなしに臭《にお》いを嗅ぎ、何かを確認しながら前に進んでいるようだったが、急に足が早くなった。ぶたぶたが、背中でぼんぼん跳ねている。落ちないだろうか、とはらはらするが、うまくバランスをとっている。曲芸を見ているようだ。

カナは、まっすぐ迷いなく一つのところを目指しているように見えた。こんなに早く犯人の家にたどりつけるのか⁉ 近所ではないか。何だかくやしい。

と思っていたのだが、幸か不幸か、カナは例の清水家を目指していたのだ。

「カナ、清水さんちじゃなくて、前いたとこに行ってよ」

ぶたぶたが話しかけるが、いくらぶたぶたでも動物と話ができるわけではない。いかにもできそうなのだが。

清水家の玄関の前で、うろうろとしていると、まるでわかったように家の中から由利が現れる。

カナはもう、狂喜していた。ぶたぶたはもう、必死にリードにすがりついている。ランドセルについたキーホルダーのようだ。

「カナちゃん、まあまあ」

　由利は、背中で振り落とされそうになっているぬいぐるみが、昨日会った刑事とはわかっていないようだった。

「奥さん、昨日はどうも——」

　たまりかねて、立川が出ていく。

「あら、刑事さん。あらっ、刑事さん!?」

　後者の呼びかけは、ぶたぶたに気がついたからである。

「ど、どうも……」

　やっとのことで挨拶《あいさつ》をしている。

　立川が事情を話す。

「だいたいどっちの方角から来たかわかりますか？」

「ええとねえ……あっちですね」

　西の方角を指さす。

「あたしたちはそっちの——北側の大学のグラウンドの方から帰ってきて、ここの道に出たら、うちの玄関の方に向かって、この子が歩いてきたのが見えたんですよ。で、呼んだらやってきたのよねえ」

　カナの頭を撫でながら、うれしそうに言う。カナは飛ぶんじゃないかと思うくらい、しっぽを振っていた。

「じゃあ、そっちの方に行ってみます」

「気をつけてくださいね」

彼女の気遣いのほとんどは、カナに向けられたものと見た。

住宅街の歩道は広く、しかもあまり人通りがなかった。平日の午前中だし、今が一番閑《かん》散《さん》としている時間帯だろう。

小学校の脇《わき》を通ると、体育の授業をしていた子供たちが、フェンスに群がってくる。

みんな口々に何か言い合いながら、犬に乗ったぬいぐるみを目で追っていた。

「あの犬、学校で飼おうよ！」

そんなことを大声で叫んでいる。

「捕まえに行こう！」

「飼おう」と言いながら「捕まえる」も何もないもんだが、そうなっては困るので、フェンスにはりつく。

「あれは警察の犬だから、やめて」

カナは大事な〝証拠品〟なのだ。

「警察犬なの？」

「じゃあ、何でぬいぐるみが乗ってんの？」

「あのぬいぐるみは刑事なんだよ」

「へーっ、だから乗れるの!?」

と素直な反応をする子もいるが、「ばっかじゃねーの」と言いながら離れていく子もいる。いつの間にか生徒の後ろにいた教師も、そんな顔をしていた。

「はいはい、コートに戻って」

自分と同世代の男性教師が、おかしな人を見るような目つきで立川をにらみつけ、生徒をドッジボールのコートへと追い立てた。

何だか釈然《しゃくぜん》としない気分になったが、ぶたぶたとカナがだいぶ先に行ってしまったので、必死に追いかける。

小学校の前を通り過ぎて、カナは狭い路地に入っていった。くねくねと曲がる路地には小さなアパートと小さな家が建ち並び、ひっそりとしていた。

頭の中で、地図を思い浮かべる。このまま行くと、どこに出るのか——まるで迷路のようだが、方角的には多分——遊園地の方？

突然、目の前に広い道路が開けた。といっても、今までと比べてということ。車ががんがん通る幹線道路ではない。けれど、バスは通っている。

カナは、道を勝手に横切ってしまう。いきなり飛び出すので、ぶたぶたも制御のしようがないのだ。しかしそこからは、まっすぐ遊園地を目指す。

遊園地の駅前の広場で、カナは突然立ち止まる。くんくん匂いを嗅ぎまわり、不安そうな顔でぶたぶたを見た。そして、改札から少し離れたところに座り込む。

ぶたぶたが、立川に振り向き、何やら合図を送っている。改札の人を指さしているのだ。何か訊《き》いてみろと言っているらしい。

立川は、有人改札にいる駅員へ声をかけた。身分証明書を見せて、質問する。

「あのう、あそこに座ってる犬に憶《おぼ》えはありませんか？」

「え？」

駅員が、窓口から顔を出して外を見た。

「あんなぬいぐるみくっつけてる犬は見たことありませんよ」

「いえ、ぬいぐるみはおまけなんですけど――ああいうゴールデンレトリバーが、ここら辺、散歩してませんでしたか？」

「うーん……」

駅員は、奥にいる同僚にも声をかける。首が、狭い窓口からいくつも伸びる。

「ああ、あの犬かどうかはわかりませんけど、たまにレトリバーが迎えに来てたことがありましたよ。夕方に」

一人が、そんなことを思い出してくれた。

「散歩は他にも見かけますけど、待ってたのはそれぐらいかなあ」

「どんな人が連れてましたか？」

「二十代後半くらいの男の人ですかね。女の人を迎えに来てたみたいですよ。あ、反対の時もあったな」

容姿をもっとくわしくたずねる。

「背が高くて……でも、あなたより、ちょっと小さいくらいかな。メガネかけてました。髪は長くて、後ろで束ねてましたね。ほっぺたに大きなほくろがありました」

「女性の方は？」

「女性も背が高かったですね。男の人よりちょっと小さいくらい。髪が長くて――ソバージュ？　そういう髪型をしてました。丸顔で、色が白かったです」

「わかりました。どうもありがとうございます」

ぶたぶたの方に向き直ると、彼はカナの隣に座っていた。カナはぶたぶたの方を気にしながら、改札をじっと見つめている。何だかけなげな図である。涙を誘う。

立川は改札脇にあるベンチに座って、新聞を広げた。

やがて電車がつき、電車からまばらに人が吐《は》き出されていく。土日には人がたくさん集まるけれども、さすがにこの時間帯ではまるで田舎の駅である。

脇を通る人の顔をその都度《つど》見ていたカナも、人の波が途絶えると途方に暮れたようにうつむいた。お目当ての人は、見つからなかったのだろうか。

もう一本電車を見送り、カナはあきらめたようだった。立ち上がってあたりの匂いを嗅ぎ、歩き出す。

立川はあわててぶたぶたを抱え上げ、背中に乗せた。

しかし遊園地の前まで来て、再び立ち止まる。色とりどりの花が咲き乱れていて、とてもいい香りがしていた。まさかそれに惹《ひ》かれたのか、カナは遊園地の中に入っていってしまう。

あわてて窓口に走る。

「すみません、大人二枚！」

しかし、その窓口には誰もいなかった。

「お客さん、こっちこっち」

隣の窓口から手が出て、おいでおいでをしている。ちょっと怖い。

「ごめんなさいね、今の時間一つしか開いてないんですよ」

窓口の中のおばさんがにこやかに謝る。

「休みじゃないですよね？」

「ええ、やってますよ。でも、乗り物は止まってるかもしれないから、乗りたい時には係員に頼んでくださいね」

何だそれ。

カナの分って……まあいいだろう。ぶたぶたと自分の分の券を買い、領収書を受け取ると、急いで遊園地に走り込む。入口に係員さえいなかった。ただでも入れるではないかっ。不用心だなあ。

ぶたぶたとカナが見当たらなくなっていた。どこへ行ったんだろう。

入口こそ華やか（といっても花だけ）だったが、遊園地の中はひとことで言って「淋《さび》しい」。閑園日に紛《まぎ》れ込んだみたいだった。たまに若いカップルや、女の子のグループ、母子連れなどを見かける程度で、乗り物も本当に動いていなかった。動いていたっ、と思ったら二人しか乗っていなくて、ほとんど貸し切り状態。申し出るのに勇気がいりそうだ。

「人数集まらないからダメ」とか言われないのだろうか。

ぶたぶたたちは見つからない。目を離した隙《すき》に、遊園地を出てしまったのだろうか——。

携帯電話をかけようとした時、女の子たちが駆け寄ってきた。

「すみませーん、シャッター押してくださーい！」

十八、九くらいの女の子二人だ。こんなところで平日遊んでないで、学校か仕事へ行けっ、と思いながらカメラを受け取る。

きゃーきゃー言いながら戻っていく彼女たちの方に向き直ってびっくりした。ぶたぶたとカナがいるではないか。しかも、女の子たちに囲まれている。

「いいですかあー!?」

女の子たちに確認されて、立川はあわててカメラを構える。カナは頭や身体をあちこちから撫でられて困惑気味だ。ぶたぶたは何かしゃべっているようだったが、彼女たちの声がうるさくて聞こえない。

ぶたぶたとカナは何もしなかったが、周りに群がる女の子たちはみな、カメラに向かって一斉にポーズを取った。身体を斜めにし、手を広げて、グラビアアイドルのように笑っている。みんなてんでばらばらの人種のような髪や目の色や服装をしていたが、顔は全員日本人だった。

「撮りますよー」

立川はそう言ってシャッターを切った。歓声があがる。

「もう一枚ー！」

やれやれと思うが、仕方なく要求に応じる。ようやく女の子たちは散っていったが、今度は母子連れがカメラを持ってくる。そういう係ではないのだが。

しかし、小さな子供がぶたぶたとカナに交互に触って、幸せそうな顔をしているのを見ると、まあいいかという気分にもなる。シャッターを切る時、後ろにある乗り物のヒマそうな係員も一緒にピースを出して写っていたが、彼は写真が欲しいのか？

やっと周りに人がいなくなり、カナは少し疲れたのか、地面に伏せてしまった。立川がペットボトルの水を紙皿に出して差し出すと、おいしそうに飲む。ぶたぶたも飲む。ペットボトルからであるが。

　立川は、止まっている乗り物の係員にたずねてみた。

「ピースしてましたけど……」

「ああ、よくやるんです。平日ヒマなんで」

　何だ、単なるいたずらか。

「犬はいいんですか？」

　追い出されてしまうのではないか、と思ったが、誰も注意をしないようなので――。

「いや、本当はダメですよ。でもまあ、このくらいしか人がいなかったら別に迷惑かかんないですから――。たまーに散歩させてた人もいましたよ」

「えっ、この中を？　わざわざ入場料払ってですか？」

「うーん、年間パスポートとか持ってたんじゃないですかね。ここ通り抜ければ、駅まで近いですから、ただ通る人もいるし。夏のプールに何回か通えば、元は充分取れますよ」

「その散歩させてた犬って、あのレトリバーに似てないですか？」

　係員は、ぶたぶたをべろべろなめているカナを見る。

「レトリバーはいましたね。ぬいぐるみはつけてなかったですけど」

「男の人？　女の人？」

「レトリバーを連れてたのは、男の人かな。女の人と二人の時もありました。ビーグル連れてたおばさんもいましたよ」

ビーグルは置いておくとして、その二人連れの容姿をたずねる。さっき駅で聞いたのととてもよく似ていた。ポイントは、頰のほくろと丸顔だ。

3

「年間パスポート?」

電話の向こうで君島が首を傾《かし》げているのが目に見えるようだった。

「そうです。ええとですね——」

遊園地の名前を告げる。

「ここの年間パスポートを持ってる人を洗ってみてください。犯人はそれを自分で取得してるか、あるいは盗んだものを使ってる可能性があります」

「わかった。当たってみよう」

立川は、携帯電話を切った。

カナは、遊園地を出ようとしているところだった。こんな勝手口のように小さな出入口をよく知っているものだ、と感心する。

遊園地を出ると、そこは住宅とともに畑が広がるのどかな町だった。といっても、同じ区内だが。

この辺は、さっきの駅から徒歩だと十五分くらいの範囲である。遊園地の中を通れば、確かに近道だ。この先には、地下鉄の駅があったはず。

カナが歩いたあと、通行人や目ぼしいところに飛び込んで、話を聞こうとしたのだが、そんなことをしなくても自然に人が集まってきた。商店街を通ると、みんなが「カナ、カナ」と声をかけてきたからだ。

「連れてた人は、男の人の時も女の人の時も、両方の時もあったけど、二人とも感じのいい人だったわよ」

だいたい、みなこんな印象を抱いていた。容貌も、今まで聞いたのとほぼ一致している。どうも夫婦か恋人らしいが、名前や家がどこか知っている人はいなかった。カナの名前だけは、みんな知っているというのに。

「ここ最近で見かけたのは？」

とたずねると、

「一週間くらい見なかったねえ。引っ越したのかと思ったよ」

それは、おそらく正しいのではないか。一週間前まで彼らが住んでいた家は、この近くにある。

ぶたぶたは、静かにしていたのが災《わざわ》いして、商店街の人に撫で回されていた。別に縁起《えんぎ》がいいとか、そういうものではないのだが。見物人まで集まってきて、カナが萎縮《いしゅく》してしまう。

「あの、いつもその飼い主たちは、どっちから来ましたか?」

「そこの坂を下って来てたみたいだよ」

肉屋の前から続くゆるやかな坂道を、何人かが指し示す。

「わかりました。ありがとうございます」

立川は、カナのリードをひっぱって坂をのぼっていく。

坂のてっぺんまで行くと、突如畑だらけになった。道の右側には広大なキャベツ畑がある。そのまままっすぐ進み、あぜ道のように細い道をカナは曲がっていく。

左側には、様々なものが植えてある小さな畑が続く。大がかりな家庭菜園のようだ。その奥には、大きな屋敷があった。多分ここらの土地は、全部あの家のものなんだろう。

カナが畑の一角から目を離さない。

「どうした、カナ?」

ぶたぶたが声をかけると振り向くが、すぐに視線を戻す。

「いちごだ」

小さないちごが実ったささやかな畑に、カナは鼻を向けていた。今にも畑に入って食べてしまいそうなので、ぶたぶたは必死にリードをひっぱってカナを止めた。

カナは渋々立ち止まり、悲しそうに鼻を鳴らした。

「食べたいのかな」

「まさか。いちご好きの犬なんて、聞いたことないですよ」

「そういえば、お腹《なか》すいたね」

「ほんとですね」

もう昼ではないか。

「どっかにコンビニでも――」

「おーい――」

突然、声がかかる。

あたりを見回すと、畑のはるか向こうから手を振る人がいた。

「いちご、欲しいんか？」

麦わら帽子をかぶったおじさんが、声を張り上げる。

「うちはそっちだから、声かけてくれれば売ってるよ」

指さす方には、先ほどの屋敷が――。

ちょっと引き返して、家へ続く小道に入る。さっきは気づかなかったが、野菜の無人販売台が置いてあった。なすやきゅうりやブロッコリーがみんな百円である。

「いちごあります」と紙が貼《は》ってあった。

ブロッコリー畑の中に女性が座っている。

「すみません。いちごくださぃ！」

「あ、はいはい、ちょっと待って」

麦わら帽子にエプロン、長靴といういでたちの女性は、屋敷の方にいったん戻り、すぐいちごのパックを持ってきた。真っ赤な色をしていて、へたの緑も瑞々《みずみず》しい。それが山盛りだ。

「はい、百円」

「えっ、これで百円？」

「そのかわり、すっぱいよ、けっこう。でも、さっき摘《つ》んだばっかし」

カナがいちごに興奮して、飛び上がっている。ぶたぶたが、振り落とされてしまうほど喜んでいるのだ。試しに一つやってみると、落ちたかけらもきれいに食べてしまう。珍しい犬である。

「いちご好きな犬なんて、他には知らないなあ」

「あら、この子、あたし見たことあるよ」

「えっ⁉」

「カナちゃんでしょ？」

「そうです」

「でも、いつもの人と違うね。このぬいぐるみは何？」

立川が身分証明書を見せて簡単に事情を説明すると、意外そうな顔をする。

「飼い主の女の人が、よく野菜買ってくれたんだよ。すごく感じいい人だったけど……」

彼らのことを悪く言う人は、今のところ誰もいなかった。少なくともカナはみんなに好かれていたようだ。


コンビニの場所を教えてもらって、おじさんにも手を振り、農家をあとにする。

しばらく坂を下るとコンビニが見つかった。おにぎりやお茶を買い、駐車場の隅に座る。いちごを三人で分けて食べた。言われたとおり、ちょっとすっぱかったけれども、香りは抜群だった。

昼食を買いにきた制服姿のＯＬに、ぶたぶたとカナは目ざとく見つけられてしまう。ぶたぶたもカナと同じ扱いで、いちごを「あーん」されて食べていた。立川は、ちょっと淋しく思う。

「多分、カナの家はここら辺だと思うな」

「そうですね。これだけ目撃されているんですから」

このコンビニでも、カナは常連のようだった。

「でも、何だか印象違いますね。彼らは犯人じゃないんじゃないですか？」

「動物の好きな人に悪い人はいないって？」

……それにかこつけた事件はいくつもあったっけか。

「まあ、家族に泥棒してるの気づかれずに暮らすっていうのは、けっこうあるからねえ」

立川の携帯電話が鳴った。君島からだ。

「年間パスポートな、今、手分けして当たってるけど、連絡とれないところがいくつかあって、まだ特定できないんだ。一応その中で、今お前たちがいる地域で持ってる人、読み上げるから」

君島が言う住所と名前を、立川はメモに書き出す。

「わかりました。じゃ、この住所にも当たります」

「立川くん、ちょっと代わってくれる？」

ぶたぶたに携帯を渡す。まるで、初期の頃の携帯みたいである。マイクのところに鼻をくっつけて話している。

「あのー、この手口の事件って、しばらくなかったんじゃありません？」

「はあ」とか「うーん」とか相づちが続く。

「一年ほど——やっぱないですか——」

ぶたぶたはうなずいて、電話を切る。

「しばらく〝仕事〟をやってなかったみたいだね」

「プロなんでしょ？」

「うん。宝石店荒らしのね。手口から同一犯だってわかるんだけど、盗品を流すルートもつかませないんだよ。でも、今回こんな形で手がかりが出てきたんで、違うんじゃないかって考えてたんだけど——一年ほどなかったわけだし」

「でも、どうして一年、なかったんでしょう？」

「何でだろう……できない理由でもあったのかな」

ぶたぶたが立川のメモをのぞく。書かれた住所はわずかなものだ。

「もう少し、カナを自由にさせてみようか？」

「そうですね」

再びぶたぶたはカナに乗る。通りがかった場所にパスポートを持っている家があれば、確かめていく。

「ここら辺には、鈴木《すずき》さんの家もあったよね……」

「鈴木さん？」

「ほら、赤ちゃんを誘拐されちゃったお宅だよ」

ああ、あの夫妻は鈴木というんだっけ。名前は確か——国彦《くにひこ》と理恵子《りえこ》。

「あの村松桃子ちゃんの家も近いよ。あれが東《ひがし》小だもん」

ぶたぶたが指さす方には、小学校の校舎が見えた。ちゃんと学校に行っているだろうか。

カナは、鈴木家の前を通ることもなく、地下鉄の駅を過ぎようとしている。

「ここら辺で、一番近いうちってどこ?」

「えーと……」

番地を調べるために、駅の入口に貼ってあるプレートを見に行く。

「あれ?」

階段の下の公衆電話をかけている人……見たことがあるような……。

「どうした?」

ぶたぶたとカナがやってくる。

「ぶたぶたさん、あの女の人、どこかで見たことありませんか?」

ぶたぶたはカナから降り、壁にくっつくようにして目を凝《こ》らす。

「あれは……鈴木理恵子さんじゃないかな」

赤ちゃんを誘拐されたお母さんだ。立川は、署内で一度すれ違っただけだった。

「あれ?」

今度はぶたぶたが声をあげる。

「あの人……笑ってるよ」

そう言われて、もう一度立川は理恵子を見た。なるほど、笑みを浮かべている。しかし、
笑うことぐらいあるだろう。

「泣き笑いって感じですね」

口元にたたえた微笑《ほほえ》み、目尻から涙があふれそうな瞳《ひとみ》、力なく下がった眉《まゆ》——どれも彼女の真実を物語っているように見えた。

電話を切ると、そのまま階段を上がってくる。あわてて入口近くの植え込みの陰に隠れる。理恵子は、しっかりした足取りで、二人の前を通り過ぎた。サンダル履《ば》きだ。ということは、電話だけかけに来たのか？

「うーん……」

ぶたぶたが、鼻をぷにぷに押している。

「気になります？」

「ちょっとだけ」

「どうして？」

「それがわかんないんだよね」

「それじゃ気になるって言ったって——あれっ、カナ⁉」

カナがいない。

「カナ⁉」

二人で呼ぶが、姿を現さない。

「どこに行っちゃったんだ——」

「立川くん、ここから一番近い住所はどこ？」

「あ――ここです」

パスポートの住所リストと番地を見比べると、本当に目と鼻の先だ。

「そこへ行ってみよう」

住所を頼りに、ぼろぼろの幟《のぼり》がはためく洋品店の脇の路地を入ると、つぶれた風呂屋の裏側に、古びた二階建ての家があった。玄関の前にカナが座って、悲しそうに鼻を鳴らしている。

ドアの前に、エサと水の器があった。「KANA」と名前が書いてある。取り替えたばかりのエサと、新鮮な水が入っていた。カナはそれに近寄り、うろうろとあたりを巡る。また悲しそうに鼻を鳴らした。

表札は出ていない。玄関のチャイムを鳴らしたが、予想どおり誰も出なかった。やはり引っ越したのか？　では、このエサは？　いったい誰が？

君島が教えてくれたリストには、「森岡浩《もりおかひろし》・きみえ」とある。写真も残っている。ペアの年間パスポートを一年前、自分たちでちゃんと申し込んだという。

さっきのコンビニに写真のコピーをFAXしてもらい、聞き込みを始める。

近所づきあいはそれほど密ではなかったようだが、それでもきちんと挨拶をするし、ゴミの当番も引き受けていた。ごく普通のよき隣人で、悪い印象は一つもなかった。先ほどの農家や商店街、コンビニや駅員、遊園地の係員にも写真を見せたが、すべて「この人たちだ」と断言をした。

エサを置いていた人間もすぐにわかる。隣のアパートに住んでいる大学生・角谷《かどや》だった。彼は以前、「犬の散歩のバイトはいらないか」と森岡夫妻に声をかけたことがあったそうだ。その時は断られたのだが、一週間ほど前に、あるバイトを持ちかけられた。

「お金とダンボールに入ったドッグフードを渡されて、毎日エサと水を換えるように頼まれたんです。そしたら次の日、引っ越しちゃったみたいで――」

しかし、食べるのは野良猫ばかり。何日たっても同じ状況が続く。不埒《ふらち》なやつなら、ほったらかしにしてしまうだろうが、彼は真面目《まじめ》だったし、渡された金額はこんなバイト代としては破格すぎた。なので、毎日きちんとエサを出し続けたのだ。

「ネックレスから足がつくと思って、逃げたんですね」

「でも、犬のことは気になってたんだな」

家の中は、なめるようにきれいになっていた。カナを残したことを除けば、まるで夜逃げのようだ。賃貸契約は年間パスポートと同じ名前でされていた。

残されたカナは、玄関から離れようとしない。たまにあたりを嗅《か》ぎ回り、鼻をくんくん鳴らした。

「何だかケンタウロスみたいですね」

角谷が言う。ぶたぶたはなぐさめるつもりなのか、またカナの背に揺られている。ケンタウロス――馬と人間、犬とぶた……だいぶ違うと思うが。

「連絡先とかは聞きましたか？」

「はあ、聞きました」

「えっ、ほんとに？」

そんなにネックレスに執着しているのか。

ぶたぶたが、カナから飛び降りてやってくる。角谷はびっくりして少しあとずさった。

「い……犬が帰ってきたら必ず連絡するようにって、携帯の番号を教えてもらいましたよ」

「それじゃあ――かけてもらおうかな」

「はあ、わかりました……」

ぶたぶたが言う。

急に角谷が緊張する。

「あの人たち、ほんとに泥棒なんですか……？」

「そうかもしれませんね」

まだ断言はできないが。

「何だか信じられないです……」

「どうして？」

「いや、まあ……確かに何してんのかな、とは思ってましたけど……それは、僕も同じですけどね」

角谷は、ははは と力なく笑う。

「遊園地の年間パスポートを持ってたのって知ってました？」

「はい。ここに引っ越してきて、近くにあるからってとったみたいですよ。よく行ってました。プールとか。あとはほとんどカナを連れて散歩ばっかで。毎日お気楽な人たちだなあって思ってました」

本当に遊ぶためにパスポートを持っていたのか——？

「カナをすごくかわいがってたのに、いなくなって急に引っ越すなんて、変だとは思ってたんですよ。もっと先だって言ってたのに——」

「もっと先？　引っ越す予定があったの？」

「ええ。カナが思い切り走り回れるように、庭のついた家を買うって言ってましたよ」

「カナを飼い始めたのは？」

「ここに来た時には、もういました。でもまだ子犬でしたよ。だから、まだ一年ちょっとくらいじゃないでしょうか」

君島から電話がかかってきた。森岡浩ときみえは偽名ではなく、本名だとわかる。新しく買おうとしていた家の仮契約も、この名でしていた。

「大金が必要だったんだろうね」

ぶたぶたが、またカナに乗っている。鼻を押しながらゆらゆら揺れる様は、まるでパイプをくわえた馬上の英国紳士のようだった。……これもケンタウロスと同じくらい苦しいか。

「新しい家のですか?」

「多分。それで足を洗ったのか何なのか、一年やめてた〝仕事〟をやったんだよ」

「普通に生きようとしたんですかね……」

毎日犬の散歩をして、遊園地で遊び、互いを迎えたり迎えられたり――彼らは、本気で足を洗おうとしていたのだろうか。そのきっかけは――カナ?

彼女は、玄関の前でしょんぼりと寝そべった。

「電話……するんですか?」

角谷がおそるおそる言う。

「そうだね。でも、一つ頼みがあるんだけど――」

ぶたぶたが、彼に耳打ちをする。

4

その日の夜遅く――。

一台のワゴン車が、ゆっくりと狭い道を進む。人が歩くほどのスピードで、慎重に。

誰もいない暗い家の前で車は止まり、二人の人間が降りてきた。一人は背が高く、頰にほくろのある男性。もう一人は、透けるような白い肌に丸顔の女性。二人とも、髪を短く切っていた。

「森岡さん」

隣のアパートへ向かおうとした二人が、声のした方に振り向く。今降りた車の後ろから、男が出てきた。犬を連れている。黄金の毛並みが美しい。しっぽをぶんぶん振っている。そして、なぜか背中にぬいぐるみを乗せていた。

「カナ……！」

呼ばれた犬は、声のした方へ走ろうとしたが、リードが強く引かれて動けない。

「失礼ですが、森岡さんですね。こんな夜中にどうされました？」

何人かの私服の刑事が、車を取り囲むように立っていた。

男女二人は答えない。そのままゆっくり近づいてくる。

女の方が、何かを手に持っていた。刑事たちに緊張が走るが、それはぶたぶたと立川が思っていたとおりのものだった。

「カナ……おいで、いちごだよ」

いちごのパックを、彼女は前に差し出す。スーパーで急いで買ってきたのだろうか。色は赤いがつやもなく、へたがしなびている。昼間食べたいちごとは、比べものにならなかった。

けれどカナには、そんなこと問題ではないらしい。早く彼らのもとへ行きたくてたまらないのだ。

「立川くん、いいよ、リード離して」

「はい」

言われたとおりリードを離すと、カナは一直線に本当の飼い主のもとへと走っていった。

ぶたぶたはまたまたキーホルダー状態だったが、誰も気にしちゃいない。

森岡たちの手からいちごをもらい、カナは狂喜していた。彼らもうれしそうに笑っていたが、瞳は泣いているように光る。

昼間見た鈴木理恵子の顔を、立川は突然思い出す。

「森岡さん、わかってました？」

ぶたぶたが、カナの背中で言う。彼はあたりを見回すが、ぬいぐるみが話していることには気づかなかった。

「ああ、そりゃあ……角谷くんには、ネックレスのことなんて、言ってませんから」

「角谷さんの電話――」

ぶたぶたは、角谷に電話の際、

「カナはネックレスをしていなかった」

と言ってくれ、と頼んだのだ。

これはすなわち、第三者が情報をつかんでいるということを示唆《しさ》した言葉だった。そしてその第三者が、警察である可能性が高いこと、そしてカナが健在であることも。カナを引き取りに来れば捕まるかもしれない。ネックレスなんて、もってのほかだ。

「柄《がら》にもなく、犬なんて飼っちゃったのがいけなかったよなあ……」

カナを遊ばせながら、森岡がつぶやく。きみえは、鼻を真っ赤にしてカナの腹を撫でていた。ぶたぶたは、カナの下敷きだ。

一年前なら、彼らは逃げただろう。しかし、どういう理由でかはわからないが、二人はカナを飼い始めたのだ。逃げればカナに会えなくなる。それに、今まで絶対に知られなかった顔も本名もバレたし、捕まるのは時間の問題だ。逃げ続けるにしても、また昔の、息を潜《ひそ》めて生活していた頃に逆戻り――。

ぶたぶたは、そんなことはもういやだ、と彼らが思っていることに賭《か》けたのだ。

森岡たちは、促す立川たちに抵抗することもなく、警察の車の方へ歩き出した。カナは追おうとするが、ぶたぶたにリードをひっぱられ、立ち止まる。

その時初めて、カナが一声吠えた。

森岡たちが振り返る。カナは多分、清水家に引き取られることになるだろう。彼らが一緒に生活することは、もうない。

「あのネックレス、カナに似合ってましたよ」

ぶたぶたが言う。森岡たちは、それがカナに乗っているぬいぐるみが言った言葉だと理解したかどうかはわからないが、ふっと笑《え》みを浮かべた。きみえが、自慢げに言い放つ。

「そうでしょう？」

そして二人は、車に乗り込んだ。もう振り返ることはなかった。

第四章
思い出せない女

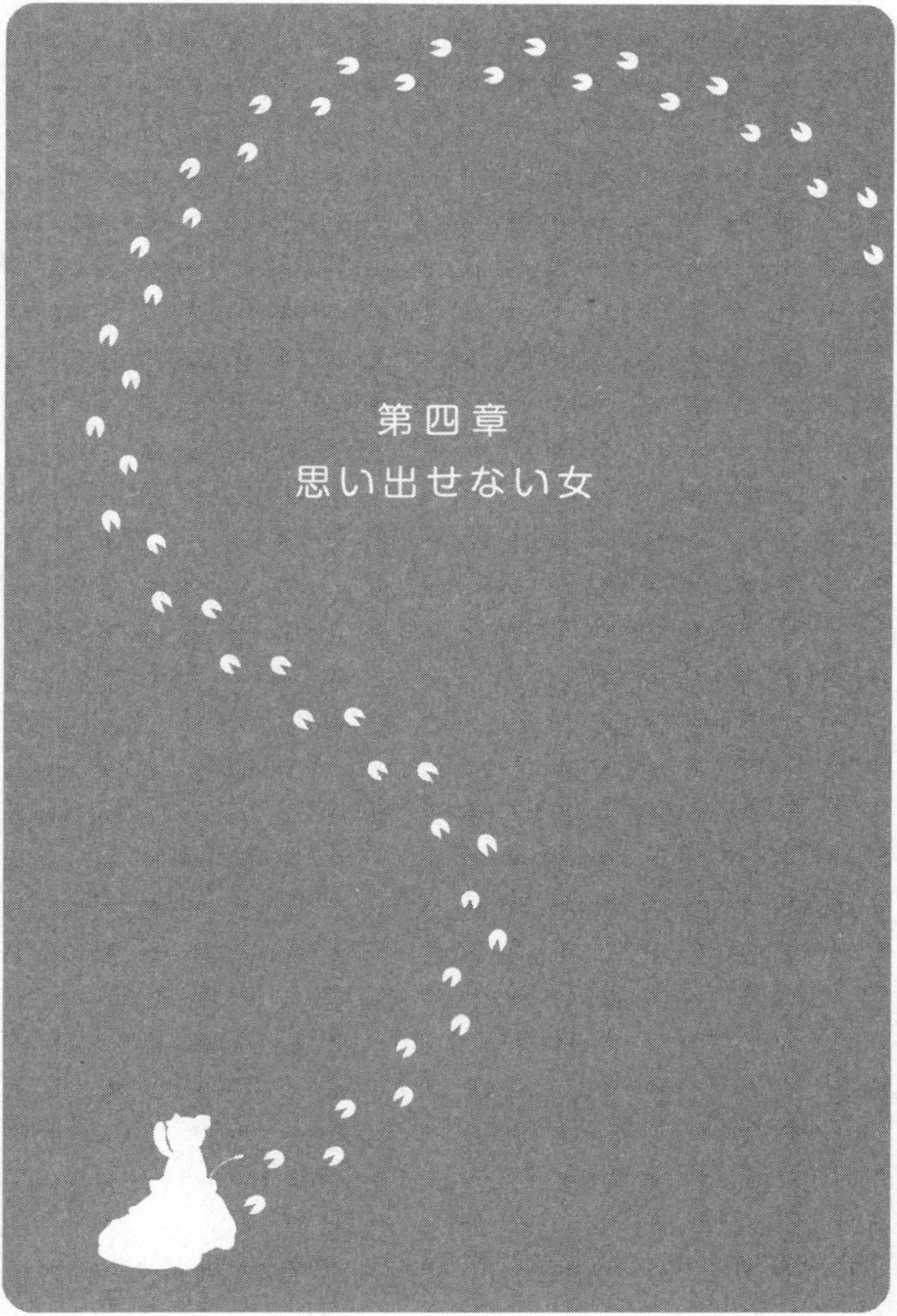

1

「両親の様子がおかしいんだ」

鈴木夫妻の赤ちゃん誘拐事件が、まったく進展ないまま一ヶ月が過ぎた頃、島が神妙な顔でぶたぶたと立川を昼食に誘った。

連れてこられたのは、静かでしゃれた内装のそば屋だった。かすかにジャズが流れる店内は、今が昼であることを忘れさせる。すでに昼食の時間帯からはずれているので、三人しかいなかった。ここは、島とぶたぶたのお気に入りらしい。

こんなところが署のすぐ裏にあるなんて——と妙に感心してしまう。しかも島がおごってくれるというので、さらに安心もする。

しかし彼は、事件の発生からほとんど家に帰っていなかった。毎日聞き込みに出かけていき、何の収穫もないまま帰ってくる。今のところ、協力を拒む人はいない。赤ちゃんがいれば、顔も見せてくれる。ニュースで見聞きし、母親に同情している人も多かった。しかし、赤ちゃんは見つからない。

極論を言えば、日本中の赤ちゃんを確かめなければわからない、ということになってしまう。気が遠くなるような話だ。それに、事件は他にも山ほどある。島や他の刑事たちも、身体は一つしかないのだ。

島は、香り高いそば茶を一口すすり、ため息をついた。

「何ですか、島さん」

「赤ちゃんをもう捜さなくていい、と言ってきたんだよ」

「ええっ……そりゃまた、どうして？」

以前署内ですれ違った鈴木夫妻のことを、立川は思い出す。泣きはらした目の妻を抱きかかえた夫も、焦悴《しょうすい》しきった顔をしていた。子供がいなくなったことを心から悲しみ、心配している両親にしか見えなかった。警察捜査の定石《じょうせき》として、どんなふうに見えようとも、まず最初は身内を疑うのだが、彼らに怪しいところは何一つなかった。早く子供が戻ってくることだけを望んでいる――はずなのだが。

「どうしてそんなことを言い始めたの？」

「それがさっぱりわからないから、頭を抱えてるんだよ、みんな」

「独自に見つけたんじゃありませんか？」

カナを連れて歩いた時に見かけた母親・理恵子の複雑な笑みを思い出す。

「それはないと思う。両親の元に子供はいないし、何か連絡が入っているわけでもない。あらゆる接触の可能性を洗ってみたが、何もないんだよ」

「それって、いつ頃言い始めたんです？」

「二日くらい前かなあ。夫婦で署にやってきて、いきなり『もう子供は捜さなくてもいい』だとさ。いくら理由を訊《き》いても、その一点張りだ」

ぶたぶたが、鼻をぷにぷに押している。

「その前に何かあったの?」

「いーや、特には。ずっとうちの者がついてたけど、誰かが接触した気配はないし、どちらかというと、あきらめムードより前向きな感じがしてたそうだ。身体の調子がよくなったせいか、ほんのちょっとだけど奥さんが笑うようになったって若いやつが喜んでたのになあ」

「ふーん——。この間、奥さんが公衆電話で誰かと話してたの見たよ。地下鉄の駅の電話。サンダル履《ば》きで、終わったらすぐうちに帰ったみたいだったから、家で電話をしたくなかったのかもしれないよ」

「ほんとに? ちょっとあとで確認してみる。何日?」

ぶたぶたは、日にちと時間を島に教えた。

「うちのやつ、何か見落としてるかもしれないから……。男だとついていけないところもあるし、女性をつけた方がいいかなあ……」

島は、お礼を言って、システム手帳を閉じた。

「まあ、こっちは今までどおり捜すつもりだし、両親は本庁の富樫さんが説得してるよ」

「あ、富樫さんが?」

「何だ、新人。その顔は」

どんな顔になっているのか。

「僕はまた、その説得にぶたぶたさんがかり出されるのかと——」

説得といえばぶたぶた、というくらい、かり出される率が高い。自殺志願者、人質立てこもりはもちろん、凶悪犯も骨抜きにする説得力の持ち主なのである。

ようやくわかってきたのだが、ぶたぶたの立場は署内でも独特だ。仕事のほとんどは彼の特性を生かしたことばかりである。なので、ふさわしい事件があると、他の部署でも最優先で呼ばれる。もちろん、捜査三係として働いてもいるが、それは割合からすれば、他より少ない。

同期の友だちなどと話す時、説明にすごく困る。誰もぬいぐるみが刑事をやっていることを、信じてくれない。別に極秘扱いでも何でもないのだが、それもまた不思議なのだ。

「あー、うちだけならそうするけどなあ。捜査本部が立ってると、なかなかそうもいかないんだよ。まあ、今日のことは単なる愚痴《ぐち》として聞いてくれや」

「はあ——」

そばが運ばれてくる。生粉《きこ》打ちのせいろと野菜の小鉢、小えびの天ぷら。

「気分が乗らない時は、うまいものを食うのが一番だよ」

島が、ちょっぴりうれしそうな顔をして、そばをすする。ぶたぶたは、わさびもねぎもつゆに入れず、食べる分だけそばに乗せ、器用につまんで一気にすすっていた。立川も真似《まね》しようとするが、何だか緊張してしまう。

「いいんだよ、別に真似しなくても。ぶたぶたさんは気取りすぎ」

「でも、ここのそばでしかしないよ。っていうか、本わさびじゃないとこではしないな」

「それが気取ってるって言うんだよ」

気の置けないやりとりを尻目に、立川はそばを口に入れた。

ぶたぶたの真似をして食べると、そばの香りだけが口の中に広がる。薬味は本当にアクセントに過ぎず、生粉の甘さが充分味わえる。……ような気がして、何だかいい気持ちだ。

「それはそうと、例の嘘《うそ》つき娘の謎《なぞ》の言葉は解明できたか？」

「それが、全然……」

桃子がぶたぶたに投げかけた言葉は、いまだにさっぱりわからなかった。祐輔に聞いても首を傾《かし》げるばかりだ。彼はあれから、学校帰りにちょくちょく寄っていくが、桃子は一度も来なかった。ちゃんと学校には来ているけれども、たいてい保健室でふて寝をしているか、教室に来ても、むっつりと口を閉じたままだそうだ。

祐輔に、桃子と話したいと伝言してあるし、彼も連れてこようと努力をしているらしいが、彼女自身にその気がないようである。

「謎の言葉が気になるっていうよりも、あの子ととにかくちゃんと話がしたいだけなんで、ほんの少し会えればいいんだけどなあ……」

「その子は、絶対病んでるな」

島が、ふきの土佐煮を口に放り込みながら、無責任なことを言う。

「ぶたぶたさんをきっと、妖精か何かだと思ってるのさ」

「……島さん、それは病んでるというより、夢があるってことじゃないですか？」

「バカだな、だったらはっきりそう言えばいいじゃねえか。勝手に自分の中で結論づけて暴れたんだろ？　素直じゃないってことさ。うちの下の子なんか、初めてぶたぶたさんに会った時、自分だったら空飛べるって信じて、二段ベッドから飛び降りて、足ねんざしちまったんだから」

「……それって素直なんですか？」

「ん？　バカとも言うか」

島はげらげら笑った。

「島さんのお子さんって、いくつですか？」

「上はもう、中一だよ」

けっこう大きな子供がいる。

「下は小一。ぶたぶたさんとこの上の子と同じだよな」

静かな店内に、立川の悲鳴のような声が響く。厨房《ちゅうぼう》から主人と女将《おかみ》が顔を出すほど。

「ええええっ!!」

「ぶたぶたさん、お、お子さんいるんですか⁉」

「いるよ。言わなかったっけ?」

「は、はあ……」

こんなにびっくりしたのは、生まれて初めてかもしれない。

「ということは、奥さんがいらっしゃる……?」

「当たり前だろ、そんなこと」

島はそば湯をつゆにだばだば注《そそ》ぐ。ぶたぶたは、天ぷらを頬張りながらうなずいた。

「はあああ……」

立川は大きなため息をついた。

「早く嫁をもらえ」

島に肩を叩《たた》かれたが、そんなことでため息をついたんじゃないのだっ。

ああ、奥さんに会ってみたい。子供がどんな顔をしているのか見てみたい。人間なのか、ぬいぐるみなのか、その中間なのか——中間って何だ?

2

　島はそば屋を出ると、またどこかへ聞き込みに行ってしまった。

「どうして赤ちゃんの両親は、『もう捜さなくてもいい』なんて言ったんでしょうか」

　彼の背中を見送りながら、立川は言う。

「どうしてだろうね」

「あのう……この間、カナを迎えに来た森岡たちを見た時、例の鈴木さんの奥さんのことを思い出したんですけど……」

　迷った末に、言ってみる。ただの直感に過ぎなかったのだが。

「うん。僕も思い出したよ」

「そうですか？　それはいったい――」

「ぶたぶたさん！」

　突然、立ち去ったはずの島が走って戻ってきた。

「ちょっ、ちょっと来て、ちょっと……！」

　あの冷静でシニカルな男があわてている。何が起こったのだろうか。

「何？」

ぶたぶたの返事も聞かずに、その手をむんずとつかみ、走り出す。中一の子供がいる男が、ぬいぐるみを手に走っている姿——シニカルとはとても言えない。

とにかく、立川も二人を追いかける。しかし、走り出したと同様に、島は唐突に止まった。

「ああ、よかった。まだいる」

小声が聞こえる。

春日署にほど近い住宅街の路地だった。三人は、植え込み前に立つ電柱の陰に隠れている。島が指さす先には、三十代ほどの女性が座り込み、泣きじゃくる子供——一、二年生くらいの男の子——の頭を撫《な》でていた。

「誰ですか……？」

「それが……」

島はくるりとぶたぶたと立川に顔を向けた。

「わかんないんだよ」

「わかんないってそんな——」

「ぶたぶたさん、あの顔に見憶えないか？」

「ん？　じゃあ、ちょっと頭貸して」

ぶたぶたが立川の肩に両足で立つ。

「もう少し右、ちょっとだけ低くなって」

ぶたぶた専用のクレーンのように動く。一見バカバカしいが、でもこれ、普通の人間では絶対見えないようなところも見られて、なかなかあなどれないのだ。

「見たことないなあ」

いろいろな角度から見たようだが、返事は島の期待を裏切るものだった。

「こないだから気になってるんだよ、あの女……」

島はいらだたしげに言う。

「よく見かけるの？」

「いーや。先週の金曜日の夜——八時くらいかな。この近くの交差点ですれ違って、挨拶されたんだ」

「どんなふうに」

「いや、普通に。『こんばんは』って。口元だけで笑ってるみたいにして。でも俺、思い出せなくってさ、見たことある顔だとは思うんだけど、どうしても誰だかわかんない。昔捕まえた奴が出てきたのかなと思って調べたんだけど、結びつく者がいないんだよ」

女性は泣き続ける子供に何か話しているようだが、ここからでは聞こえなかった。子供が時折、首を縦や横に振っているので、説得しているように見える。

「この間も子供を連れてたんだ。でも女の子だった。今日はまた違う子供……。ああいう女を見ると、つい神経質になっちまって――」

焦《あせ》りが、島の声に表れていた。

「でも、あの事件の関係者だとして、どうして島さんに挨拶なんてするんです?」

「それもわからん」

「捜査本部では、だいたいの犯人像を想定しているの?」

「うーん……目撃情報では圧倒的に女性が多いし、身代金の要求がないから、二十代から四十代の子供を欲しがってる女性ってのと……」

そこから先は、今言ったことと別の目的で赤ちゃんを連れ去った犯人像だ。島が躊躇《ちゅうちょ》していると、女性が立ち上がり、男の子の手を引いて歩き出した。

「あとを尾《つ》けよう」

歩き出そうとした時、島が言う。

「立川、ぶたぶたさんをふところに入れるんだ」

「え、あ、はい」

頭の上に乗っかったままのぶたぶたを、上着で隠した。

「いろいろなことで優秀なぶたぶたさんだが、唯一向いていないのは尾行なんだな」

人間二人で歩きながら、島が解説する。ぶたぶたは、立川のふところから鼻だけ出している。

「えー、そうなんですか。小さいから目立たないと思ったのに」

そういえば、まだ尾行というものをしたことがなかった。

「女子高生や子供に見つかってみろ。騒がれるし、持ち去られることだってあるんだぞ」

確かに風景に溶け込むのには無理がありすぎる。

女性は子供の手を引いて、目白《めじろ》通りを渡った。そのまま、まっすぐ歩いていくが、突然子供が立ち止まってしまう。また泣いているようだ。

「声をかけますか?」

「うーん、まだもう少し様子を見よう。気づかれてはいないようだし」

彼女は、また子供を説得しているようだった。しばらくしてまた歩き出す。子供は、背後からもわかるくらい、泣き暮れていた。

「どうして島さんに声なんかかけたのかなあ」

ふところから、鼻がもくもく動く。

「彼女の方からかけたんでしょ?」

「そうだよ」

「何か事件に関係あるのかなあ」

ぶたぶたは、何だかのんきだった。自分では歩いていないし。

「思い当たることがあったら、確認を取らないと落ち着かないんだよ」

立川から見て、女性に異常な雰囲気はあまり感じられなかったが、気になるのは子供だ。さっきから泣きやまないし、及び腰になっていて、よく立ち止まる。むりやりどこかに連れ込まれるのではないか、と恐れているようだった。けれど、通りすがりの人からは、子供がぐずっているただの親子連れにしか見えないだろう。

二人は、住宅街の中を歩いていく。急いでいるわけでもなく、かなりゆっくりだ。

「もし俺に関係ある人間が、あの事件に関わっていたとしたら、と思うといてもたってもいられん」

島がぼそっとつぶやく。

「捕まえられたことを恨みに思っている昔の犯人とかですか？」

「逆恨《さかうら》みでしかないし、それで誘拐事件を起こすっていうのはおかしいが、今は理屈の通らない奴が多いからな」

「そうかなあ」

ぶたぶたが言う。

「何だよ、ぶたぶたさん」

「島さん、疲れてるんだよ」

「それは認めるよ。でも、これが重大な手がかりだったとしたら、どうするんだ？」

女性と子供が、狭い路地に入り込む。高い植え込みが続く。行き止まりの可能性がある。まさか、気づかれたのだろうか?

「ちょっと待っててくれ。俺が見てくる」

女性は、突き当たりを左に曲がった。島が注意深く時間を置き、そのあとに続く。

しばらくして、島が戻ってきた。何だか落ち着かない雰囲気《ふんいき》である。薄い笑《え》みさえ浮かべているのは、なぜ?

「どうしました?」

「二人とも、悪かった。帰ってください」

いきなり丁寧《ていねい》に言うので、びっくりする。

「何でもなかった。もう、全然関係ない。つきあわせて悪かった。ごめん、謝る」

そのまま立川の腕を取って、ずるずるひっぱる。何という力だろう。何をそんなに必死に——。

「事件でも昔の犯人でも、ほんともう、なんっにもないから、さっ、帰ろう!」

島は、ぶたぶたと立川を路地からむりやり出した。

「さあ、帰ろうっ。帰るったら帰るんだよ!」

凄《すご》まれて、立川は思わずうなずく。さすがに迫力が違う。この人に捕まりたくない。

「俺はこれから聞き込みに行くから。二人ともまっすぐ署に戻るように。もうこのことは気にしないでくれ。頼むっ。絶対帰ってくれよな！」

島は、客を降ろしているタクシーに乗り込んで、逃げるようにその場を立ち去った。

ぶたぶたが、立川のふところから、すとんと飛び降りる。

「何だったんでしょうか……」

「何もないとは思ったけどね」

ぶたぶたがため息をつく。

「どうしてそんなふうに思ったんですか？」

「島さんは、一度見た人間の顔を絶対に忘れないんだよ。記憶力では、署内一。データベースって言われてるくらいなんだから」

「でも、その島さんが思い出せない顔って、変じゃありませんか？　それを疲れてるってだけで判断しちゃうのも――」

「だから、見たことはあるんじゃないかな。ただ、うーん……ちゃんと見たことがないとか？」

「ちゃんと見たことがないって……芸能人とか？」

いや、どう見てもあの女性は普通の人だ。

「けど、結局は思い出したんですよね？」

「そうだね」

ぶたぶたと立川は、顔を見合わせた。そして、さっきまでいた道に引き返す。

まっすぐに帰るなんてこと、するはずないじゃないか。

島が戻ってきた角を曲がると、そこは一本道で、突き当たりにマンションが建っていた。どうやら裏口のようだ。植え込みに囲まれていて、向こう側が見えない。ドアは一つだけ。

「ここから中に入れるのかな」

一応ぶたぶたをふところに隠して、ドアのノブに手をかける。しかし、開かない。ノブは回るが、建て付けが悪いのか、動かないのだ。鍵がかかっているわけではないようなのだが――。

ぎこぎこひっぱっていると、突然ドアが開いた。中年の男性が立っている。

「あ、す、すいません……」

「ここのドア、ダメですよねえ」

住人と間違えたのか、気軽な調子で彼は言う。

中に入り、郵便受けの名前を確かめていた時、ぶたぶたの鼻が動いた。

「立川くん、あの男の人が押す階の上に行こう」

「えっ？」

「早く、一緒に乗らないと」

立川はあわててエレベーターに乗り込む。

「何階ですか？」

男性がにこやかに訊《き》いてくるので、点灯している階を確認してから、

「六階です」

と言った。

男性は当然五階で降りていく。六階で降りた二人は、階段で下に移動する。

「何であの人と同じ階だって思ったんですか？」

「匂《にお》いだよ、匂い」

「匂い？」

ちゃんと嗅《か》げる、ということの方に改めて驚く。

「エレベーターの中で、何か匂わなかった？」

「ええー……ウニの匂いが……」

「何でウニなの!?」

「僕、ウニ嫌いなんですよ。食べると消毒液みたいな匂いがするから」

「今度からウニの匂いって思ったら、消毒液の匂いだと思いなさい」

その時、悲鳴が響いた。

子供の悲鳴だ。泣き叫んでいる。一瞬焦《あせ》ったが、ぶたぶたはのんびりと歩き出す。

悲鳴は窓から漏れているようだ。部屋のドアは、みな閉まっている。表札は、出ているところと出ていないところがあるが——目星をつけた部屋には、ちゃんと表札が出ていた——白石《しらいし》。

ドアノブを回すと、あっけなくドアは開く。悲鳴はさらに強力になった。

「ウニ……」

立川がつぶやく。

ドアの脇には、看板がしまってあった。

〝白石歯科医院〟

「すみませーん」

ぶたぶたが声をかけるが、子供の悲鳴に完全に負けている。

「入ってみようか」

マンションをそのままではなく、改装して使っているようだった。玄関には、小さな子供の靴が一つ。待合室に入っても、受付には誰もいなかった。人体実験でもされてなきゃおかしいと思うような悲鳴が満ち満ちている。

診察室のドアも、おそるおそる開けてみる。

正面の椅子《いす》に、子供が座っていた。顔を真っ赤にして泣いている。今まで聞こえなかったのだが、周りに立つ大人二人が、何か言いながら口の中にいろいろなものを突っ込んでいた。

ふいに、悲鳴が止まる。子供が、歩いてくるぶたぶたに気づいたのだ。

「はい、おー、どうしたの？　偉いね。じゃあ倒します……あっ」

マスクで顔の大部分を隠した女性が、立川に気がついた。

「すいません、今日は午後休診なんです……あれっ!?」

彼女はぶたぶたにも気づく。

「もしかして……ぶたぶたさん？」

「あ、はい」

「あ、やっぱり！　先生、ほら、島さんが前に言ってらしたぶたぶたさん！」

歯科医──白石が、ぶたぶたを見る。顔が半分隠れているが、先ほどエレベーターに同乗した男性だった。子供もきょとんとした顔をしている。ぶたぶたが手を振ると、ぽろりと涙をこぼしたが、もう泣き声はあげなかった。

「すみません、突然。何だかすごい声が聞こえたので、入ってきてしまいました」

ぶたぶたが、さらっと説明する。マスクの女性も、

「あー、いえ、この子、いつも通ってる患者さんなんですけど、さっき転んで歯を折っちゃったところに出くわしたもので、連れてきて治療してるところなんです」

と、痛そうなことをにこやかに語る。

「そうなんですか ︱」

　そういうことか。

「ぶたぶたさんは——治療なさいます？」

「いえ、僕は大丈夫です」

　すると言うのなら、いつもついていって観察したい。女性もそんなことを考えていたのか、ちょっと残念そうに笑う。

「じゃあ、そちらの方ですか？」

「今、痛みはありますか？」

　白石がせっせと手を動かしながら言う。

「は？」

「島さんが、春日署の方がそのうちいらっしゃるって——」

「立川くん、診《み》てもらったら？」

　痛くはないけれども——高校時代以来歯医者には行っていないから、診てもらうのも悪くはないか、と思う。

「歯石《しせき》を取ったり、検診という形でもよろしいんですか？」

「そりゃもう。予防で来られるのでも大歓迎ですよ」

「じゃあ、予約だけとっときましょうか？」

女性が、受付の机に座る。マスクをしたまま、分厚《ぶあつ》い予定帳をめくった。ぶたぶたは、カウンターに座っている。子供用だろうか、いろいろなぬいぐるみが飾ってあった。こういうところだったら同化できるくらい溶け込めるのだが。

「ご夫婦でやってらっしゃるんですよね」

「そうです。島さんからお聞きになってます？　ずいぶん長いことといらしていただいてて――」

「ええ、うかがってます」

立川は、ぶたぶたと顔を見合わせ、くすりと笑った。

ドアが勢いよく開いて、また一人、女性が入ってきた。

「すみません、ご迷惑おかけして！」

「あ、周二くん、診察室ですから、どうぞー」

診察室の方から、「ママー」と情けない声がした。

「周二くんって歯医者苦手ですか？」

「ええ、もうすっごく。いつもはお母さんに引きずられてくるんですよー。さっきここまで連れてくるのが大変でした。脅《おど》したりすかしたりして――。あ、でもそんな痛くないですからね。大丈夫です」

白石の妻が、立川に笑いかける。

「泣きやんで治療受けるなんて、珍しいんですよ。ぶたぶたさん見てびっくりしたのが、まだ続いてるんでしょうかね」

彼女は、結局マスクははずさずに、診察室へ戻っていった。が、すぐに戻ってきて、

「今度は、表からいらしてくださいって。島さんに聞いてくださいね」


予約は来週だ。歯の磨き方も教えてもらおう。

マンションの外に出ると、雨が降っていた。

「ぶたぶたさん、署まで走って帰りましょうか」

昼休みも、だいぶ過ぎているから、急がなければ。

「抱えてくれるの？」

「もちろんです」

立川は、ぶたぶたが濡《ぬ》れないように上着で隠して、走り出す。

「楽して悪いね」

「お安いご用です」

雨が降った時のぶたぶたを、この間初めて見たのだが――ぜひもう一度見たい。今日は用意がなくて残念だ。

「島さんの頭の中には、あの人とマスクがセットだったんですね」

「多分、マスクをはずした顔は、一回も見たことがないんだよ」

疑わしい人物、と先入観があったから、余計に思い浮かばなかったのかもしれない。表から通っていたから、あのマンションの外観を見るまで気がつかなかったのだ。

「正確な記憶力ゆえ、ですか?」

「いや。ただ疲れてただけだよ。余裕があれば、いくらでも応用はきくんだから」

「そうですよね」

島のあのあわてて凄んだ顔——しばらく楽しめそうだった。ぶたぶたも同じなのか、鼻がふふふ、と震えた。

第五章
本当に起こっていること

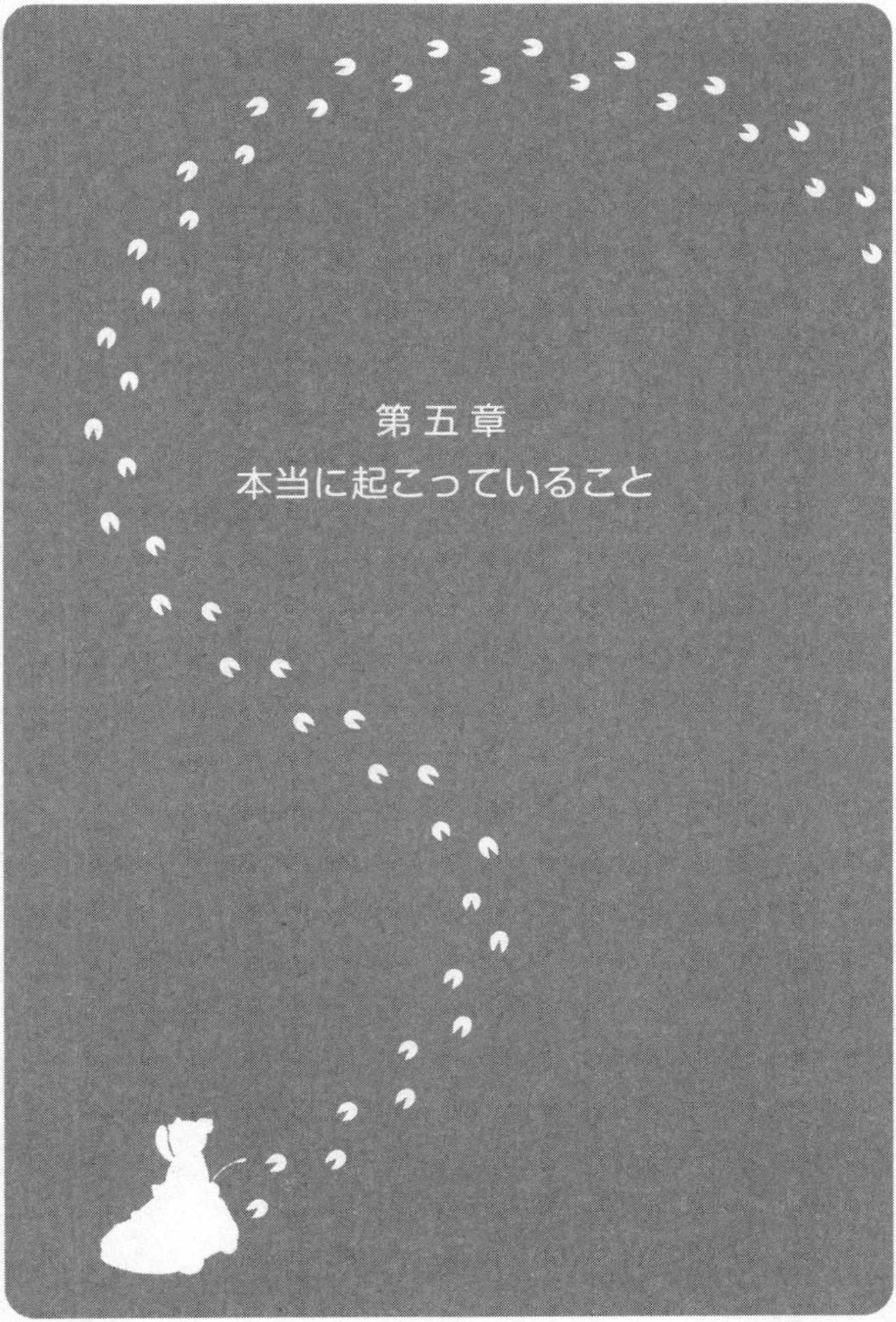

1
「ぶたぶたさんに、会いに行こうよ！」

廊下に走り出そうとした時、後ろから祐輔の声がかかる。授業が終わって、みんなが慌《あわ》ただしく帰る中に紛《まぎ》れようと思ったのに、つい立ち止まってしまった。失敗だ。

「行かない」

桃子は振り向きもせず、簡潔に素《そ》っ気《け》なく答えた。

「ぶたぶたさん、桃子に会いたがってるんだよ」

祐輔は食い下がるが、それが桃子をかっとさせる。

「嘘言《うそ》うんじゃないよっ」

振り向いてきつく言い放った。けれど彼は平気だ。それが心底《しんそこ》むかつく。

「嘘なんか言ってないよ。ほんとに話したがってるんだよ」

桃子はため息をついた。ここのところ、連日のように祐輔が誘う。彼女がもう、絶対に会うもんかと決めたのに会わせようとしている。その真意がわからない。さんざいやだと言っているのに、まったくあきらめない。

「どうしてそんなにしつこいの？　信じらんない」

「ぶたぶたさんと話すと、きっといいことあるからだよ」

その確信に満ちた顔に、桃子はあきれてものも言えなかった。そうならなかったから、いやだって言ってるんじゃないか。

「どうしてそんなにぶたぶたさんに会うのがやなの？　ぶたぶたさん、かわいいじゃん」

「あんたってほんとに脳天気だね。そんなにヒマじゃないんだよ、あたしは。用事があるから、帰る！」

桃子は教室から飛び出し、ほとんど止まらずに家へ帰った。玄関から一直線に自分の部屋へ飛び込み、ランドセルを放って、すぐに家を出る。

「桃ちゃん！」

後ろから、あわてた母の声が聞こえる。一応、立ち止まって振り向く。

「どこ行くの？」

「遊んでくるの」

二日前から、母はこっちに戻ってきていた。顔色がだいぶよくなって、一日中家のことをしている。とても忙しそうだ。妹の茜《あかね》はあまり泣かず、いつも笑っているようだった。

桃子を見ると、特に上機嫌に見えるくらい。

「おやつ作ったのよ。チョコのシフォンケーキ。桃ちゃん、好きでしょ？　食べてから行けば？」

「ううん、いらない。行ってきます!」

振り向かなくても、母の表情が見える。がっかりした顔に違いない。そんな顔、無理にしなくていいのに。

桃子はマンションの階段を駆け下りると、ポケットに突っ込んだ地図を取り出した。赤丸がついた場所に向かって歩きだす。

額に浮かんだ汗を拭《ぬぐ》った。もうだいぶ夏に近いけれども、こんなに汗をかくほどじゃない。もう夕方なのに……。桃子はどっと疲れを感じた。

母は、この間のことをまだ知らなかった。父は黙っているし、桃子も言わない。警察が話を聞きに来た、とは言っていたが、赤ちゃんの誘拐事件のための聞き込みだと思っているようだった。

警察も父も何も言わなかったから、何もしなかったみたいになってしまった。いつもそうだ。桃子が何かやっても、何もしなかったことになる。いいことも悪いこともそう。だったら何もしない方が得なのに、どうして何かしたくてしたくてたまらなくなるんだろうか。

これから——というより、ここ数日やっていること、これからやろうとしていることなんて、バレたら絶対、何もなかったことにされることだ。でも、それはやるって決めたからやる。何もなくたっていい。

桃子は、誘拐された赤ちゃんの家を捜していた。

思いついた日に図書館へ行って、事件当日の新聞を調べた。そこに、だいたいの住所と名前が記されていたので、地図を片手にここ数日、ずっと回っているのだ。珍しい名字ではないので、幾軒か候補ができてしまった。家族表示がしてあればまだわかるけれども、「鈴木」と書いてあるだけではわからない。

なので一軒一軒を確かめ、しばらく見張っていた。両親の顔は、ワイドショーの録画を何度も見たので、見ればわかると思っていた。だから、人の出入りを見て、一つ一つ消していくことにしたのだ。今のところ確信は持てないが、何軒かは見当をつけた。今日訪ねたのはその中の、誰も出てこないし、誰もやってこない家だった。周りを制服警官や、ぶたぶたと一緒にいた若い刑事のような物腰の男性が、たまにうろついている。

多分、ここだ。真新しい一戸建ての家だった。両隣も似たような家が建っているが、表札には確かに「鈴木」とある。

それを確かめてから、向かい側の児童公園の入口のところで、桃子は身を隠すように立った。暗い公園は、遊び場というよりもホームレスのたまり場のようになっていた。隅のダンボールが、所有者の帰宅を待っている。なので、誰も遊んでいなかった。道は狭く、車も人もあまり通らない。みんな自転車で通り過ぎる。

ここで、赤ちゃんは誘拐されたのだ。有力な目撃情報があまり寄せられないのが、桃子でもよくわかった。今の自分にとっては好都合なのだが、何だか申し訳なく思う。桃子は、頭を振ってその考えを追い払う。

しかし、実際にはどう調べればいいのか。宅配便を装うには若すぎる。「トイレ貸してください」と入り込むのはどうだろう。きっと子供だから、許してくれるはずだ。「変な人が追いかけてくるんです」でもいいかもしれないが、そんなこと言ったら怖がるかもしれない。マンションじゃなくてよかった。オートロックなんかじゃ最悪だ。

——問題は、誰もいない場合なのだが……。

それはともかく、桃子はトイレ作戦で入り込むことをほぼ決めた。しかしこの作戦の欠点は、例えば家の中にいるのが留守番の人だとか、似ているけどいまいち確信が持てないとか、そういう曖昧《あいまい》な結果になると、もう二度と使えない、という点だ。まあ、また図々しく入っていっても、子供なので許してくれるとは思うのだが、それではもう、桃子自身が許せなかった。一度はいいが、二度はいやだ。

公園の柵《さく》のあたりをうろうろと歩き回りながら迷っていたら、突然ドアが開いた。あわてて柵の中に入る。

「じゃ、無理せず、お身体《からだ》に気をつけて——」

そう言って、頭を下げる男の人は、この間警察で話をした人ではないか。名前は確か——立川。

ということは、もしかして……。

門から出た立川は、壁に立てかけてあった自転車のスタンドをはずす。玄関のドアがようやく閉まり、とことことぶたぶたが門から出てきて、ぴょん、とカゴに飛び乗った。

帰らなくちゃ、と思ったのだが――。

「あれ、桃子ちゃん？」

あっけなく見つかってしまう。うしろめたいことはまだ何もやっていないのに、弾《はじ》かれたように桃子は振り向く。

一番会いたくないと思っていた人……だ。自転車のカゴに入っているぶたぶたと、ハンドルを持った立川が、公園に近づいてきた。

「どうしたの、こんなところで」

「な……何でもない……」

ぶたぶたがカゴから飛び降りて、桃子の足元にやってきた。小さくて桜色で、柔らかそうで、黒の点目《てんめ》がまっすぐ桃子を見上げていた。黄色いリュックを背負っている。

桃子は、足元がぐらつくのを感じた。ぶたぶたを最初に見た時もそうだった。あの時も、必死に我慢をしたのだ。我慢していなかったら……自分がどうなっていたかわからない。想像もつかない。たいていのことは、自分の中でいろいろ想像すれば説明ができたのに、ぶたぶただけはそれができなかった。

怖かったのなら、まだいい。そうじゃないから、どうしたらいいのかわからないのだ。気持ちを落ち着かせるために、自分が今何をしなければならないのかを考える。知りたいことは、一つだけだ。

「こんなとこから出てきたって——ここもしかして、誘拐された赤ちゃんのおうち？」

ぶたぶたと立川が顔を見合わせてから、うなずく。

「そうなの……。誰もいないのかと思った」

「具合が悪くてあまり外に出ないだけだよ。だいぶ元気になったみたいなんだけどね」

ぶたぶたが言う。

「そうなんだ……」

知りたいことがわかって、桃子はほっとしていた。足元のぐらつきも、和《やわ》らぐ。

「心配なの？」

「……かわいそうだと思う」

自分の母が、桃子か茜を誘拐されたらどうなるだろう、と考える。茜を誘拐されたら、ここのお母さんと同じだろう。でも、自分だったら……まず赤ちゃんじゃないし。何だかすんなりと頭に浮かばない。そのもどかしさが、桃子を落ち込ませる。

「ぶたぶたさん、ここの公園でちょっと一休みしましょうよ。僕、コンビニでジュースでも買ってきます」

立川がそう言って、自転車にまたがった。

「そう？　じゃあ、頼むよ」

立川は、手を振って、ペダルをこぎだした。

ぶたぶたは、公園にとことこと入っていく。ぐるりと見回し、鉄棒の方に走っていった。何をするんだろう、と思ったら、そのまま鉄棒に飛びつき、逆上がりやまえ回りを始める。するするとよく回った。

桃子は、鉄棒の隣のベンチに座る。ぶたぶたは回るのをやめて、鉄棒にまたがっていた。ほうきに乗った魔女みたいで、今にも飛んでいきそうだった。

「誘拐事件って、大変だね」

沈黙に耐えられなくて、何でもいいからと口を開けたら、何だか世間話みたいなことが飛び出した。

「うん。本当は担当じゃないんだけど、特別にかり出されたんだよ」

「赤ちゃん見つからなくて、お母さん悲しんでるよね？」

「うーん……そうだね」

ぶたぶたが、ちょっとためらったようだったので、思わず顔をのぞき込む。すると、ぶたぶたが言った。

「桃子ちゃんと、ずっと話したいと思ってたんだよ」

改めてそう言われて、桃子は少しどきどきしていた。彼はぬいぐるみだけれど、大人からそんなことを言われたのは初めてだからだ。

「どうして？」

けれど、ちょっとつんとした感じで返事をしてみた。

「こないだ、警察で言ってたことが、気になって」

一瞬、見え透《す》いた嘘でも嘘は嘘だから、何か罰せられるかと思った。最初から、全部わかっていたのだ。そんな嘘、誰も信じてくれないって。もしかして本当になるかも、と柄《がら》にもなく思ってしまったのが、いけなかっただけなのだ。

「どうして僕のことを〝味方〟だなんて思ったの？」

「ああ……あれは、どうでもいいことだよ」

思い出すと、やっぱり帰りたくなる。もうここにいてもしょうがないのだ。知りたいことはわかった。もう帰ろう。帰らないと。

でも、桃子は動かなかった。

「あの……壁にぶつけたことはあやまります。ごめんなさい」

あんなことをするつもりは、全然なかったのだ。気がついたら、投げつけていた。

「ああ、よかった。憶《おぼ》えてたんだね。そういうことしても、みんなすぐ忘れちゃうんだよねえ」

……胸が苦しくなった。

「こういう仕事だからしょうがないし、投げられても何ともないんだけど、たまに謝ってもらうとうれしいね」

何だか、全部を謝って、許してもらいたい気分だった。でも、ぶたぶたに謝ることは、壁に投げつけたことと、嘘をついたこと以外に思い浮かばない。他の関係ないことを謝っても、ぶたぶたに許してもらうことはできなかった。

ぶたぶたは、また鉄棒を回りだした。桃子は、まえ回りが少し苦手だ。一応できるが、こんなには回れない。授業でこんなに回らなくたっていいけど、本当はできたらなあ、と思うのだ。でもぶたぶたの場合、手で足を持って回っているので、桃子にはできそうにないが。

「あ、お腹《なか》汚れた」

ぶたぶたはそうつぶやいて、鉄棒から飛び降りる。お腹に一本、薄い黒い筋がついていた。桃子は思わず大声で笑ってしまう。

「おかしい？」

「うん」

ベンチにひっくり返って、お腹が痛くなるほど。

「久しぶりに笑ったの？」

「うん」

答えてから、ふっと笑いが消えた。

「何で笑わなかったの？」

桃子は、しばらく黙っていた。言わないで帰ろうかと思ったが、やがて小さな声が口から漏れる。震えていた。

「……ずっと一人だったから」

ぶたぶたが、隣に座る。

「お母さんは、ずっと入院してたんだよね」

「そうだよ。急に具合悪くなって、会社から帰ってきて、そのまま所沢の病院に行っちゃったの」

あの日のことは、よく憶えている。最初は、会社の近くの病院に運ばれたのだ。父母は、コンピュータ会社のシステムエンジニアをやっていて、時間が不規則だった。父は百貨店に勤めているが、今まで何人かでやっていた仕事を一人でやらなくてはならなくなり、やっぱり時間がなかった。けれど、それまでも充分忙しくて、村松家は家族というより、ルームメイトみたいな生活をしていた。互いに干渉《かんしょう》し合わない、クールな家庭。

たまにうっかり同級生に話したりすると、

「いいなあ。あたしもそんな自由な生活したい」

なんて、のんきな答えが返ってくる。けれど、祐輔だけはそう言わない。

「うちにごはん食べにおいでよ」

と言うのだ。でも彼の家は、違う意味で桃子にとって居心地の悪い場所だった。

けれど、あの日は家に帰ってきたら、母方の祖母がいた。桃子にろくに説明もせず、

「留守番してなさい」

と慌ただしく家を出ていった。桃子は、そのまま真夜中まで存在を忘れられた。意図《いと》したわけではなく、すれ違いと混乱の末に起こったことだ。父は祖母が、祖母は父が家に電話をしたもの、と思い込んでいたのだから。

父と祖母の仲が悪かったことも、いけなかった。ほとんど祖母の独断で、所沢の病院に転院する手続きをとってしまったのだ。母の意識がはっきりしないのをいいことに、と父は祖母に対して激怒した。

母が入院をした次の日には、妊娠をしていることを父から知らされたが、母は帰ってこなかったし、父と祖母はかりかりしていた。「おめでた」という喜ばしい雰囲気《ふんいき》は、微塵《みじん》もなかった。桃子は父と祖母にはさまれ、母と直接連絡をとることもできず、置き去りにされていた。

ようやく見舞いに行っても、母の具合は思わしくなく、満足な話もできない。父と行けば気まずく、一人で行っても皮肉《ひにく》を言われることに我慢できず、桃子は病院に行くことを

拒むようになった。しかし、本当の理由は、祖母がこんなことを言っていたからかもしれない。

「桃子が生まれてからできなくて、がっかりしてたから。男の子欲しがってたからね」

祖母にとっては、見舞いに来ていた人と何気なく交わした雑談だったが、桃子はまるで、自分が生まれたから、母が本当に欲しい子が生まれなくなったような気がしてしまったのだ。しかも、欲しかった男の子ではなく、妹が生まれてしまったし――。

「赤ちゃんが生まれるまで、ずっとそっちに行ったっきり？」

桃子は、こくんとうなずく。

「名前は？」

「茜」

「誰がつけたの？」

「ママだって」

「桃子ちゃんの名前は誰がつけたの？」

「あたし？　……あたしは……ママだったかな……」

確かそうだと思った。男の子だったら父が、女の子だったら母が考えた名前に、というのを聞いたことがある。茜もそうやって決めたんだろうか。

どうせなら、あたしの意見も聞いて欲しかった、と桃子は思う。

「ママが入院してる間は、お見舞いに行った？」

「ううん、あんまり。あたし、おばあちゃんと仲良くないんだ。パパの方のおばあちゃんと仲良しだったけど、もう死んじゃったし」

「え、じゃあ普段の生活はどうしてたの？」

ぶたぶたが、驚いたような声を出す。

「ごはんの支度も掃除も洗濯もできるもん。ずっと前から、家に帰って誰かいるなんてことなかったし、自然にできるようになったよ。あたし、一人暮らし完璧《かんぺき》できるからね。料理だって上手だよ」

へへっと桃子は笑った。どこに行っても、一人で生活ができる。それはちょっと自慢なのだ。

「お父さんは？」

「パパは何にもしない。何日も顔合わせない日があって、それなら遊んでこようって出かけて夜中に帰ってきても、まだ帰ってなかったり」

「お母さんと電話で話したりはしなかったの？」

「ママはそれどころじゃなかったの。具合悪い時は、あたしだって誰ともしゃべりたくないよ」

さっきからたくさんしゃべっている自分に、突然気がついた。しゃべりすぎかもしれない。いくらぶたぶただからって……。

「今はお母さん、戻ってきたんでしょ？　身体はよくなったの？」

でも、訊《き》かれると自然に言葉が出ていく。

「うん、元気だよ。茜もいるし。会社も辞めて、毎日うちに帰るといるの。まるで、自分のうちじゃないみたいだよ。どうしたらいいか、わかんないんだよ」

胸に大きなかたまりのようなものが昇ってきているようだった。飲み込みも、吐《は》き出しもできそうにない、とてつもなく大きいもの――。

「桃子ちゃん――どうしてあんなこと、言ったの？」

「ん？　〝味方〟って？」

「違うよ。どうしてお母さんが赤ちゃんを誘拐したって言ったのか」

ぞくっと鳥肌が立った。一番訊いてほしくないことだったかも。

「嘘言うのは、いけない？」

「人に迷惑をかける嘘はね。でも、どんな嘘にも必ず理由があるんだよ」

「理由……」

「桃子ちゃんは、お母さんを嫌いなわけじゃない。むしろ、大好きでしょ？　なのにそんな嘘を言うなんて、よほどの理由があると思うんだけど――」

そうなんだろうか。もうよくわからない。他人だったら絶対嫌い、と感じることはある。

そういうことを、ぶたぶたが教えてくれるものだと思ってた。

「わかんないの……？」

ふと気づくと、そんなことを言っていた。あの時と同じだ。あの時も、無意識に言葉が出た。

今、どうしてあたしはこのぬいぐるみと話してるんだろう。こんなの、ほんとにいるなんて思わなかった。あたしが考えているだけだと思ってた。

「わかんないよ。ちゃんと話さないと」

ぶたぶたは、あっさりと言う。そんな返事をされると、ますますわかってるんじゃないかと思うじゃないか。

「これって、ほんとのことなんだね……」

桃子は、自分の目から涙がこぼれ落ちるのを感じた。泣くなんて全然思っていなかったから、ひどく驚く。でも、涙は止まらない。

「何もかも、ほんとに起こってるんだね……」

涙の意味も、桃子にはよくわからなかった。悲しいだけでもない。かといってうれし涙でもない。言葉にできない気持ちが、洪水《こうずい》になって流れているみたいだった。

「何もかもって――？」

「茜が生まれたことも……あたしが、ずっと一人だったことも……ぶたぶたがしゃべることも……。

ぶたぶたが出てきたからって、あたしは幸せっていうか、何かすごいものになれるわけじゃないんだね。こんなすごいぬいぐるみでも、ママが何も言ってくれなかったことと同じに、普通に起こっただけなんだ……」

うまく説明ができず、わかったことだけを口にしていた。ぶたぶたが現れたことで、桃子は変われると思ったのだ。それだけで世界は逆転する。自分の思うとおりになるって。

想像したとおりに、物事は動く。だって、桃子の空想の中にしか存在しなかった、動いてしゃべるぬいぐるみが、ああして生きてるんだから。

だけど実際は、何も変わらなかった。ぶたぶたは、自分のためにやってきたのではなかったから。彼の存在も、ただの味気ない毎日と大差のない現実とわかった。だから当然、あんな見え透いた嘘は誰からも受け入れられないのだ。普通だったら、誰でもわかる。

「だから、ぶたぶたはわかんないんだね……」

「いや、ちょっとわかった」

桃子はぐしゃぐしゃになった顔を上げる。

「もしかしてお母さんは、桃子ちゃんに直接、『赤ちゃんができた』って言わなかったんでしょう?」

「……すごい……どうしてわかったの?」

「さっき『ママが何も言ってくれなかった』って言ってたじゃないか」

あ、そうか。

「赤ちゃんができたことは知ってたんだよね？」

「うん。パパが話してくれた。でも、ママは何も言ってくれなかったの。何にも。忘れてたんだろうけど、ちょっとひどいよね……」

無理して笑おうとしたが、力が全然入らなかった。

「それで、懲《こ》らしめようと思ったの？」

「ううん……妹が余計に思えて……ううん、違う。そうじゃなくてね……」

ぶたぶたには、何も説明してなくて、多分わからないと思うけれど、桃子は思い切って言葉にした。

「子供なんて一人しかいなきゃ、それが一番欲しい子供になるじゃない？」

言ってみたら、少しだけ心が軽くなったような気もしたけれど——それと同時に、自分のことが、ものすごくかわいそうだと思った。心が突然深くなって、見えていた底がなくなってしまった。

——こんなこと、本気で思うもんじゃない。絶対に考えたくなかったことなのに——驚きのあまり、涙も乾く。

「それだけ。いなくなった人がいるなら、そっちでもいいじゃん、って」

「それを、お母さんに直接言いなさいよ」

膨《ふく》れ上がった悲しみが、突然恐怖に似た感情に押しつぶされた。

「……そんなの、できない……」

「どうして？　前にも手紙というか、作文書いたんでしょ？　お母さんに見せるための」

一気に顔が真っ赤になった。

「祐輔が話したんだね！　もうっ、あのバカ！」

「あれは、見せたの？」

桃子は、無言で首を振る。

「どうして見せなかったの？」

「台所のテーブルの上にさりげなく置いておいたの。朝になったらその上に、お菓子の入ったコンビニの袋が置いてあって、『食べなさい』ってポストイットが貼《は》ってあった。それっきり」

祐輔が勘違いした涙には、嘘がなかったのだ。

「あの時みたいに、また作文書けば？」

「もう、いや」

自分の気持ちがまた硬くなっていくのを、桃子は感じていた。自分はかわいそうなんかじゃない。あたしは、一人で生きられる強い子だ。

「一人だけじゃできないかもしれないけど、祐輔くんもいるし、僕たちも協力するよ」

桃子はぶたぶたをじっと見つめる。本気で言ってるんだろうか。でも、所詮《しょせん》ぬいぐるみじゃない。

「いい。ぶたぶたは、あたしのためにいるんじゃないんだもん。あたしは、あたしの思ったとおりのことをする」

桃子は、ベンチから立ち上がった。ぶたぶたも立ち上がる。ベンチの上に。

「せめて今度、赤ちゃん見せてよ。祐輔くんは、桃子ちゃんにそっくりって言ってたけど」

「似てなんかいないもん！」

桃子はそう叫ぶと、公園から駆け出した。途中で、立川とすれ違う。カゴいっぱいにジュースなんか積んで。

「遅いんだよ！」

桃子は、彼に向かって思いっ切り怒鳴った。

2

次の日、教室で桃子は、久しぶりに祐輔に声をかけた。

「今日、うちに遊び来ない？」

「え、行っていいの？」

祐輔は、意外な顔をしている。当然だ。昨日《きのう》までは、とことん避けていたのだから。

「おばさんと茜ちゃん、いるんだよね？」

「うん。何か用事あるの？」

「ううん、ないよ」

よかった。今日はこの子がいないと困るのだ。

家に祐輔を連れて帰ると、母はひどく喜んだ。たくさんの手作りのおやつを並べてくれる。クッキーやパウンドケーキ、アイスクリームまで。

「うちのお母さんさ、ごはんはまあまあなんだけど、お菓子とかこんなかっこいいの作ってくんないよ」

「かっこ悪いお菓子って何よ」

「崩《くず》れたゼリーとか、崩れたプリンとか、崩れた杏仁豆腐《あんにんどうふ》とか」

そりゃ確かにかっこ悪いが、それだってしょっちゅう作ってくれるんだから、文句を言ってはいけない。

母は、祐輔に言わせると「きれいな人」だそうだ。仕事をしていた時の方がきれいだったと桃子は思う。お化粧もしていたし、いい洋服も着ていたのだ。今はすっぴんだし、T

シャツにジーンズ。やせたからきれいになったのか？

茜も、彼に言わせると「美人になりそう」とのこと。

祐輔は、おととし一番下の妹が生まれているので、赤ちゃんを抱く手つきがとても慣れていた。桃子よりも茜の兄らしい。喜んであやしている。習字教室で小さな子たちの世話をしているそうなので、子供の扱いに長《た》けているのだ。

桃子の母は彼のことが気に入っていて、来るたびに学校での娘の様子を事細かにたずねる。祐輔は桃子の顔色をうかがいながら話しているが、端《はた》で聞いていて、いつも同じだなあ、と思う。本当に学校では、祐輔ぐらいとしかしゃべらないのだ。それでも母は、熱心に聞いていた。

茜が、いつの間にか、ぐっすり眠っている。

「ママ、ちょっと買い物に行ってきていいかな」

桃子にというよりも、祐輔に言っているみたいだった。桃子には、まだ遠慮をしているところが、母にはある。

「車で行くし、すぐだから。お隣の奥寺さんに頼んでいくから、何かあったらすぐにおばさんに言って。奥寺さんちとママの携帯の電話番号はここに書いてあるからね。無理しないで、すぐに連絡するか、おばさんを呼ぶのよ。わかった？」

母は何度も何度もくり返す。

「わかった」

桃子はうなずいた。

母が玄関から出ていったあと、桃子はベランダに出た。駐車場の車に母が近づき、走り去るのを確認すると、部屋に駆け戻る。ベビーバスケットを押入れからひっぱり出した。

「桃子……何すんの？」

祐輔の問いには答えず、桃子はバスケットの中にタオルを何枚も敷いた。そして、茜を抱き上げる。

「起きちゃうよ、茜ちゃん――！」

少しぐずったが、横たえるとすぐにまた静かになる。何と、かわいらしいバスケットであろうか。おとぎ話に出てくる赤ちゃんのようだった。

「何してんの、いったい……」

「これから、ぶたぶたに赤ちゃん、見せに行くよ」

「え!?」

祐輔は、あわてて声を潜《ひそ》める。

「外に連れてくの？　留守番するんだろ？」

「いいの。ぶたぶたと約束したんだから」

もちろん嘘だった。祐輔は、ぶたぶたのことを言えばついてくる、と思って考えたのだ。

「で、でも何で今？　おばさん、帰ってきてからでいいじゃん」

「ママがぶたぶたのことなんか信じるわけないでしょ。見せてすぐ帰ってくるんだから、いいじゃない。それに、そんなこと言ってから行ったら、こないだのことバレちゃうから、いや。ほら、手伝って」

　一人で持つと重いし、落とすと大変なので、最初から祐輔には手伝ってもらうつもりだったのだ。でも、本当のことを言ったら、絶対に手伝ってくれない。それがわかっているから嘘をついた。

　あたしって、やっぱり嘘つきなんだ。桃子は少しやけくそな気分になっていた。

「でも、寝たばっかだから……」

「起きたらぐずって大変だもん。大丈夫、寝てる間に帰れるよ」

　祐輔はおろおろと落ち着かず、「えー」とか「うー」とか言ってた。

「あっ、僕四時から見たい番組があるんだ！」

「録画してあげるよ。BSでもCSでも何でも入るから」

　出まかせだったのか、それ以上は何も言わない。

「じゃ、奥寺さんに言ってこう」

「だからあ、奥寺さんもママも同じでしょ？　絶対バレるよ、絶対いや！」

「バレてもいいじゃんか……」

「ひとごとだと思って、まったく」

それでも祐輔はぶつぶつ言って、動こうとしなかった。

「そんなに言うならいいよ、あたし一人で行くから」

よいしょ、とかけ声をかけて、バスケットを持ち上げる。思ったよりもずっと重かった。

「ああっ、一人じゃ危ないよ！」

ようやく祐輔がバスケットの取っ手を持ってくれる。にっ、と笑いかけると、彼はしまったという顔をして、桃子と茜を見比べた。

誰からも見とがめられずに、マンションから離れることができた。しかし、祐輔が言う。

「警察は方向が違うよ」

「ぶたぶたの家に行くんだよ。自宅」

「ええー、いつ聞いたんだよ、そんなことぉ……」

母が行ったスーパーは、反対側だから出くわすことはないだろうが、なるべく早くすませたい。かといって、あまり急ぎすぎると茜が起きる。今のところ、すやすや眠っているので、ついつい足が早くなってしまう。

そんな桃子の気持ちを知ってか知らずか、祐輔が間抜けなことを言う。

「ぶたぶたさんちに行くんなら、おみやげを買ってこうよ」

通りがかったコンビニの前で、立ち止まる。

「手ぶらで行くのはまずいと思うんだ」

「手ぶらじゃないよ、この子がいるでしょ？」

桃子は、とにかく早くすませてしまいたいのだ。寄り道をしている場合ではない。

「茜ちゃんは人間だから、おみやげにはならないよ」

祐輔は、強固に言い張る。

「そんなこと言って……どっかへ電話するつもりでしょ？」

眉毛《まゆげ》がぴくりと動く。何て正直なんだろう。バカ正直と嘘つきの組み合わせなんて、最高だ。

「そんなこと、ないよ……」

語尾がだんだん小さくなる。多分、ぶたぶたのところへ電話するつもりだったんだろう。あるいは桃子の母だ。家でもいい。留守電になっているし。

「おみやげなんて、いいんだよ」

この子だけで充分。

「いやなら帰ってよ」

一人で持っていこうとすると、やはり心配らしい。渋々ついてくるのだ。

茜は、相変わらずおとなしく眠っている。信号待ちなどをしていると、通りすがりの人がバスケットをのぞき込んで、「まあ、かわいい」と言ってくれる。

「妹さん？」

「はい」

「とてもよく似てるわね。そっくりだわ」

嘘ばっかり。きっとあの人はこのあと、「赤ちゃんを連れた怪しい小学生を見かけた」と通報するに違いない。だってここは、赤ちゃんが誘拐された家だもの。

鈴木家の前に桃子が止まった時、祐輔は何だかそわそわしていた。珍しいことに、腕時計なんかしているではないか。今気がついた。

「何、時計見てんの？」

「う……何でもない……」

何でもないってことはないだろう。時計見てるんだから。

「ぶたぶたさんの家って言ったけど、ここ『鈴木』って表札が出てるよ」

「ぶたぶたはここに部屋借りてるんだよ」

口から出まかせが、ぽんぽん出てくる。あたしはこのまま、本当じゃないことしか言えなくなっちゃうんじゃないか――。

「そんなの嘘だよ、桃子。もうやめよう。帰ろうよ」

「やだよ」

桃子は呼び鈴を押そうと指を伸ばす。その手を祐輔がつかんだ。

「だめだって、絶対に！」

「あんたは黙っててよ！」

祐輔の返事も待たずに、桃子はボタンを押した。その小さな呼び出し音をかき消すくらい、大きなため息が聞こえる。振り向いたりはしない。どんな顔をしているかもわかる。

インターホンはしばらく沈黙していたが、

「はい――」

やがて、ためらいがちな応答が返ってきた。

「あの……」

桃子は、何と言ってここを開けてもらうか、考えていなかったことに気づいた。茜を連れてくれれば、それで万事ＯＫと思っていたのだ。そんなはずはない。

「帰ろうよ、ねえっ……！」

腕をひっぱる祐輔を振り払う。それでも言葉は出てこなかった。何だろう、どうしよう。どうしたら、開けてもらえるの……？

「あの……赤ちゃんを連れてきました」

やっと言えたのは、それだけだ。

「桃子……！」

祐輔が、怒ったような声を出す。

「茜ちゃん、あげるつもりなんだね。ほんとにもらわれたらどうすんだよ……！」

ドアが開いた。やせた小柄な女性が顔を出す。これがあの赤ちゃんの……お母さん？

桃子は、バスケットを捧げるように持った。

「うちの赤ちゃん。いないのなら、この子をあげる」

女性が、はっと息をのんだ音が聞こえた。凍《こお》ってしまったように動かない。

「もらって」

桃子は門から一歩中に入った。

「桃子！　やめなよ！」

祐輔がバスケットを取り上げようとする。すばやくその手から逃れたが、バスケットは大きく揺れ、そのはずみで茜が目を覚ました。

控えめなぐずりから、あっという間に激しい泣き声になっていく。お人形のようだった茜は、真っ赤な血の通った人間の子供になった。桃子と祐輔の動きが止まる。

そのかわりに、女性が動いた。おそるおそる手を差し伸べる。彼女はゆっくり、茜を抱き上げた。

泣いていた茜は、優しくあやされ、温かい胸に抱かれて安心をしたのか、やがて泣きやむ。少しぐずっているが、まだ眠いのだろう。次第に落ち着いていく。

ふと見ると、彼女は茜を抱きながら、静かに泣いていた。笑っているが、涙を流していた。顔も違うし、この子は彼女の娘ではないが、今頃、こんなふうに誰かに抱かれているのかもしれない。やっぱり泣いて、必死に何かを訴えているのかもしれない。願いを聞いてくれるのが、本当の母親だと思うかも――。

桃子は、はっと我に返る。バスケットを落とし、手を前に差し出す。

「やっぱりだめ」

女性は茜を抱えたまま、玄関先にくずおれた。桃子の声なんか、耳に入っていないみたいに。

桃子は彼女の肩に手をかけて、身体を揺すった。

「お願い、返して。もらわないで。嘘ついたのあやまります。だから、茜を返して――！」

彼女は、桃子なんかいないみたいに泣いていた。戻ってきたなんて思わないで。この子はあたしの妹なの。いらないなんて嘘。だからお願い、返して……。

今頃、ママも、こんなふうに泣いているかもしれない。あたしは、何てことしてたんだろう――！

「桃子ちゃん！」

聞き憶えのある声に、桃子は揺すり続けていた手を止める。

「ぶたぶたさん！　ごめんよ、電話できなかった……！」

「大丈夫だよ」

桃子が振り向くと、ぶたぶたが立川を従えて門柱に立っていた。

「ぶたぶた……わかってたの？」

かすれた声で、やっとそれだけ言った。ぶたぶたがうなずく。

「昨日から、薄々」

「今日から、『来るな』って言われても絶対に遊びに行けってぶたぶたさんに言われたんだよ」

祐輔が震える声で言った。

「僕たちはしばらくの間、ここに四時頃来るから、行くならそれに合わせるか、できたら事前に連絡してくれって、祐輔くんに頼んでおいたんだ」

桃子は祐輔をにらんだが、それよりも数倍厳しい視線で、彼は桃子をねめつけた。

「本当にやるなんて思ってなかったのに……バカだよ。茜ちゃんがかわいそうじゃないか！」

怒った声ではっきりそう言った。桃子は身を縮こまらせて、うつむく。祐輔がこんなふうに怒ったことなんて、今まで一回もなかった。よほどバカなことをしてしまったらしい。

「ごめん……」

桃子は小さな声で謝った。それ以上、声が出なかった。胸がいろんなことで、いっぱいだったのだ。

「まあ、とにかく何事もなくてよかったよかった。立川くん、送ってあげなさい」

ぶたぶたは門柱から飛び降り、茜を抱えて泣き続けている鈴木理恵子に近寄った。

「奥さん、大丈夫ですか?」

理恵子はぶたぶたの声にも気づかず、身体を震わせている。柔《やわ》らかな手が肩に触れて、ようやくはっと顔を上げた。

「今日は出直しましょうか?」

ぶたぶたを、今日初めて見たような目をしている。ほんの少しの時間なのに、もう顔が無惨《むざん》に腫《は》れ上がっていた。呆然《ぼうぜん》と自分を取り囲む者たちを見上げているばかりだ。

「それとも、しばらくお話ししましょうか?　落ち着くまででも――」

「刑事さん……ごめんなさい……」

突然、彼女が絞り出すようにしゃべりだした。そのあまりに悲愴《ひそう》な声に、桃子と祐輔、そして立川も凍りつく。

「――どうしました?」

理恵子の唇《くちびる》は、一度開きかけて、また閉じられた。そのまま、もう二度と開かなくなるのではないか、と思えたが――。

「あたしたち……娘がどこにいるか、知ってるんです」

「ええっ!!」

その場にいた全員が、驚きの声をあげた。

「誰が連れていったかも、知ってるんです……」

第六章
いくつかの告白

1

立川が桃子たちを家に送り届けて、鈴木家へ戻ってくると、理恵子はまだ泣いていた。台所のテーブルに突っ伏し、肩を震わせて。ぶたぶたは、彼女の頭をぽふぽふとあやすように叩《たた》いている。

すでに島と警視庁の富樫警部が来ている。これでお役ごめんか、と立川は思う。もともと一係の人間ではないし、我々は——というより、ぶたぶたはこの何か隠していそうな夫妻の説得を、富樫から頼まれただけだ。しかも、島の強い推薦があってようやく。

ぶたぶたを紹介された富樫は、一応紳士的な態度をとっていたが、本当はかなりうさんくさい、せいぜい警視庁のマスコット・ピーポくん程度にしか思っていないのは明らかだ。君島に聞いたが、本西課長に対してこんな嫌みを言ったらしい。

「隠しマイクでも仕込んで、置いときましょうか？」

だから、まさかこんなにあっさりと説得に成功するとは思っていなかった、という顔をしている。本当は桃子が茜を連れてこなかったら、彼女は意志を貫き通したかもしれないということは、言わない方がよさそうだ。

しかも理恵子は、富樫や島の問いかけにはほとんど応じなかったが、ぶたぶたには少し反応した。といっても、彼がいれたコーヒーを飲んだ、ということぐらいであるが。それでも、具体的なことはひとことも話さない。夫の帰りを待っているようだった。

連絡を受けた夫の国彦が家に帰ってきたのは、それから三十分ほどしてだった。理恵子は夫の声を聞いて、ようやく顔を上げる。

夫妻は二人だけで寝室に行き、長い間話し合った。刑事たちはひたすら待つ。

まさか最悪なことになどなってやいまいか——それがみな、気がかりだった。知っている、といっても、赤ちゃん自体がどうなっているかはまだ聞いていない。理恵子の憔悴《しょうすい》をどうとらえたらいいのか、刑事たちも戸惑っていたのだ。

待ち続けている間に帰れと言われるかと思ったが、そのようなこともなかった。とりあえずぶたぶたがいることは、それほどマイナスではない、と富樫も思ったのだろう。これから話してもらう時も、ごつい男に囲まれるより、かわいい点目《てんめ》の方が少なくとも理恵子には話しやすそうだ。ぶたぶたがいる限り、立川もいられる。

夫妻が、寝室から出てきた。

「お話しします……」

国彦と理恵子が、神妙な顔で居間のソファーに座った。その前には富樫と島。ぶたぶたと立川は食卓に座っていた。

「うちの娘を連れてったのは、その……中学の頃からの友だちなんです」

ぽつぽつと、言葉を選ぶように、国彦は話しだした。

「娘は今、その友だちの家にいます」

「無事なんですか？」

「はい。無事です。大切に扱ってくれてます」

富樫と島が安堵《あんど》のため息をつく。

「僕と妻と……そいつは、中学から高校まで同じ学校で、ずっと同級生だったんです。いつも一緒につるんでました。本当に仲がよかった。僕は、親友だと思ってました。妻もそうです。そいつもそうだったと……思います」

理恵子は、鼻をすすりながらうなずいた。

「でも、あの……あることから疎遠《そえん》になったというか……まあ、絶交のような状態になってしまったんです。それが、高三の初めくらいで……結局卒業までに修復できなくて、卒業と同時にそいつの行方はわからなくなってしまったんです」

「その、『あること』っていうのは何ですか？」

「島くん、急《せ》かさずに。とにかく最後まで聞こう」

富樫が国彦に先を促《うなが》す。

「僕らは、そうなって初めて、自分たちがそいつに対してしたこと、言ったことを、恥じるようになったんです。謝りたいと思っても、見つかりませんでした。友だちだけでなく、実家にも居場所を知らせていなかったんです。いろいろ探したんですが、すべて遅かった。若かったから、というのは言い訳になりません」

国彦は、いったん言葉を切って、ため息をついた。

「姿を消してしまったのは、僕らのせいかもしれない……きっと苦労もしているんだろう……まさか死んでやしないかと、そんなことばかりをずっと気にかけてました。歳《とし》をとればとるほど……」

鈴木夫妻は共に三十歳――十年以上、後悔をし続けてきたのだろうか。

富樫が質問をする。

「お子さんが誘拐された時、その友人のことは思い浮かばなかったんですか？」

「ええ、それはもちろん……！」

夫妻は声を揃《そろ》える。

「では、いつ、その人が犯人だとわかったんです？」

「わたしに……話しかけてきたんです」

理恵子が言った。富樫は目を見開く。

「その人自身が？」

「はい」

「いつ、どこでですか？」

彼女には、監視がつけてあるのだ。見逃したとなると、捜査員のミスになる。

「病院です。産婦人科の診察の時——十日前です。診察前の待合室で」

「じゃあ、犯人は女性ですね」

富樫の言葉に、夫婦は顔を見合わせた。

「ええ、あのう……女性は女性です」

国彦が、ためらいがちに言う。

「え？」

「実は、戸籍上は男なんです」

ぶたぶたが、身を乗り出した。富樫は、きょとんとした顔になる。島が見かねて、口をはさんだ。

「え……それは、つまり——」

「外国で手術を受けて、外見上は女性と変わらなくなってます。顔を見て彼だってわかりましたけど……もともと身体も小柄で華奢《きゃしゃ》だったし、優しい子だったから——。ほんとに、わたしたち女と変わりません。ごく普通の女性です。ものすごくびっくりしましたけど……もう、びっくり……」

その時のショックを思い出したのか、理恵子は大きく息をついた。

「彼は、自分の精神が女性なのに、身体が男性であることを、どうしても受け入れられない人だったんです。子供の頃からずっと」

国彦があとを引き継ぐ。

「小学校時代は、そんな自分を自覚できなくて、親しい友だちが作れなかったり、いじめられたりで、自分の殻《から》に閉じこもっていたそうなんです。卒業直前にようやく自覚をしだして、中学の頃は、必死に本当の自分と、建前の自分とに折り合いをつけてました。今から思えば、ですけど」

「……わたしたちは、他の子と違う彼と話したり、遊んだりするのが単純に面白くて――わたしにとって彼は、女友だちとも男友だちとも違う、男女の隔《へだ》てがない、ほんとの意味での親友だと思ってました。夫にとってもそうだったと思います」

国彦もうなずいた。富樫は、ようやく我に返る。

「もしかして、高校の時の『あること』っていうのは……いわゆるカミングアウトというものですか？」

「そうです。彼は、僕たちに嘘《うそ》をついているのがつらいと言って泣きました。あいつは、僕と理恵子に対して、親友であるということ以上の感情は持ってなかったと思います。だから、余計に申し訳なかったんだと思う。このまま、同じ気持ちのまま、知ってもらえたら――ということだけしか思ってなかったと、今ならわかります。

でも、僕たちは――少なくとも僕たち二人は、三人の関係が微妙なバランスで成り立っているとと思ってたんです。中学の頃は無邪気なもんでしたけど、高校になってくるといやでもそんなことを意識せざるを得ない。意識と言っても、漠然とです。表面には決して出ていませんでした。だから、あんなことになったのかもしれない」

ぶたぶたが、熱いコーヒーをいれ直して居間のローテーブルの上に運ぶ。鈴木夫妻は、彼の仕草《しぐさ》に目をやり、ふっと口元をゆるませた。富樫が小声で、「すみません」と言った。

四人がコーヒーに口をつけたのを見て、ぶたぶたと立川も飲んだ。いつもよりも、ずっとおいしく感じた。

「彼の真剣な決意に、僕たちは自分たちのことばかり考えて、ちゃんと向き合おうとしなかったんです」

国彦が再び話し出す。

「まず、ショックが大きかった。ゲイとは違うっていうことや、単純な問題じゃないってことを、その時には知らなかったから、嫌悪感も……正直言ってありました。

そして何より、僕たちの微妙なバランスが崩《くず》されたことで、今までどおりにつきあうことはもうできない、と考えてしまいました。

僕と理恵子は……その時は何でもないと思ってましたが、もう互いに意識をしてたんです。だから彼は、僕たちにとってひどく重たい存在になっていきました。それまでと同じにしようなんて、全然思いつかなかった。二人で示し合わせたみたいに、避けるようになったんです」

理恵子が、ぽろりと涙をこぼした。持っているタオルに、顔を埋める。

「それでも、彼は娘さんを誘拐したわけでしょう？　どうしてかばうようなことをしたんですか？　いや、そもそも、どうして彼はあなた方の娘さんを誘拐したん――」

「あの……！」

理恵子は、富樫の言葉を遮《さえぎ》るように、タオルから顔をあげたが、次の言葉がなかなか継げなかった。刑事たちは、じっと待つ。

「……最初から話をします」

彼女は、か細い声で話を再開する。

「産婦人科で声をかけられた時、名乗られる前に彼だって、わたしにはわかりました。驚きましたけど、わかったんです。それくらい、それは彼にとって自然でした。わたしは、ほとんど何も話せず、彼の話をただ聞くだけでした。そんなに長くはなかったけど、すごくたくさんのことを話してくれたように思います。

高校を卒業してから、外国にずっと住んでいて、そっちで働きながらお金を貯《た》めて、治療に通って手術をしたと言ってました。今は、旅行と医療関係のライターをしていて……日本に帰ってきた理由は、親が心配だったのと、わたしたちに会いたかったからって――。

わたしは、何か言わなくちゃってそればかり考えてたんですけど、声が思うように出ませんでした。そのうち帰るって言って――引き留めようとしたら、突然ＤＶＤを渡されたんです。その場は結局、それで別れました」

「ＤＶＤ?」

「ええ……。薫《かおる》が映ってました」

富樫と島が立ち上がる。

「――見せていただけますか?」

四人がテレビの前に座った。ぶたぶたと立川も、その後ろからのぞきこむ。ＤＶＤレコーダーの再生ボタンを、国彦が押した。

画面に、一人の女性が映し出される。化粧気はないが、艶《つや》のある肩までの髪と、優しい顔だちの持ち主だった。室内に据《す》えられたカメラに向かって、緊張した視線を向けている。何も知らなければ、素直に女性と信じるだろう。

「これが、その……」

「ええ。友人の……佐藤直《さとうなお》です」

彼――彼女は、ゆっくりと口を開いた。

『国彦。理恵子。驚かせて本当にごめんなさい』

直は、深々と頭を下げた。声にもほとんど違和感がない。

『これを見終わったら、もっと驚くと思う。でも、一番驚いてるのは私です。最初にこんなことを言うのは、ものすごく卑怯《ひきょう》だと思うんだけど……』

画面は全体的に暗かった。家の中で、夜撮ったものなのだろう。彼女は、大きなため息をついてから、言葉を続けた。

『あなたたちの娘さんの薫ちゃんは、うちにいます。あの日、薫ちゃんを連れ出したのは私です。ごめんなさい。謝っても許してくれないと思うけど、ほんとにごめんなさい』

何度も何度も頭を下げたあとに、沈黙が続いた。直は唇《くちびる》を嚙《か》みしめ、カメラを見つめている。ふっとすがるような目で視線をはずした。誰かがそばにいるのだろうか。

『私、二年前に日本に帰ってきて……何度もあなたたちに会いに行こうと思いました。昔みたいに話したかった。会いたいと思った昔の友だちは、国彦と理恵子だけだったから。どうしてるかって思う人は、親兄弟以外、あなたたちだけだったんだよ。

けど、どうしても言いだす勇気が出なかった。何でだろう……。怖かったのかな。会ってもわかんないって思われるのもいやだったかもしれない。私は、すっかり変わっているから。家族にも、まだ会ってないんだよ。昔の知り合いは、まだみんな私が行方不明だと思ってる』

そう言って、淋《さび》しそうに笑った。

「そんなに、変わってないよ……」

理恵子がまた泣きだす。国彦が肩を抱いた。

『二人、結婚したんだね。おめでとう。すごくうれしかったよ。お祝いを渡そうって近所まで行ったこともある。でも結局、何もできなかった。理恵子も国彦も見かけたことあるけど、声がかけられなかったよ……』

画面の中の直も、ティッシュで目頭を押さえていた。

『あの時私は、また声をかけようかどうしようか迷いながら、久しぶりに二人の家に行ったんです。そしたら、理恵子がいつの間にか前を歩いてた。私が気づかなかっただけなんだけど。だって、赤ちゃん抱えてたから。

赤ちゃん、すごくかわいくて、理恵子はすごく幸せそうだった。いいなあって……私は突然思った。今まで、誰もうらやましがらないように生きようって思ってたんだけど、油断したら、ぽろっと思っちゃった』

画面の中と外で、女二人が泣き、苦い笑みを浮かべた。

『女になれて、私はラッキーだし、今はとても幸せ——。今まで苦しかった分、仕事にも友だちにも恵まれてる。恋人だっているんだよ。アメリカで知り合った日本人。もう三年、一緒に暮らしてる。

めんどくさいことはいろいろあるけど、足りないものは何もないと思ってた。

でも私はあの時、理恵子をうらやましいと感じて、あの赤ちゃんを一度でいいから抱きたい、って涙流すほど思ったよ。ほんとは、声をあげて泣きたかった。

そう思うのが、もうちょっと早かったらよかったって、すごく後悔してる。でも、理恵子が家に入って、そのまま庭に出てきて——その間だけ、私は赤ちゃんを抱かせてもらおうと思ったんだよ。それで帰ろう……それでもう、理恵子たちに会うのはよそうって。だって私は女になったけど、それは私の中でだけなんだもの。あなたたちにとって、私はやっぱり男だし、子供も産めない身体《からだ》なんだよ。

だから、もう忘れようってその時思った。女になってからの私だけでいいじゃん、って』

直が涙を拭《ぬぐ》っている間、画面の外から、かすかに赤ちゃんの声がしたような気がした。

『家の中に入って、ちょっとだけ抱いたの。私、外国にいる時、よく養護施設や子供病院でボランティアをしたことあって、赤ちゃんの世話するの得意なんだよ。

薫ちゃんは、本当にかわいくて、重くて温かくて、幸せの塊《かたまり》みたいだった。理恵子があんな顔するのも当然って——。これでこのまま何もなかったように帰れるなんて、もう信じられなかった。こんなにも欠けてる自分を、思い知るようだったよ。

だから、連れていったの』

直はうつむき、肩を震わせた。だが、すぐに顔を上げる。

『ごめんなさい。ほんとにごめんなさい。何もかも私が悪いと思ってます。だから、あなたたちにこのＤＶＤを渡しました。ここの住所は——』

湘南方面の住所と電話番号を、彼女は言った。

『──私の名前は、佐藤直。表札には、ペンネームの〝佐藤そうび〟って名前が出てます。あなたたちから警察に通報して。逃げも隠れもしません。

でも、それまであなたたちの赤ちゃんを、私に預からせて……お願い。大切にしてるから……』

画面がいきなり切り替わる。眠る赤ちゃんの顔に、カメラが近寄っていく。

「ああ、薫……」

理恵子と国彦が、画面に向かってつぶやいた。

恋人が撮ったのだろうか、直が薫にミルクをあげている映像もあった。おむつを換えたり、風呂に入っていたりも。

薫の頰《ほお》はつやつやと輝き、元気よく身体を動かし、いつもご機嫌なように見えた。もちろん、泣いている映像もあったが、無理に泣かせたりしているのではないということが、画面から伝わる。

直の恋人は誠実そうで、彼女とよく似た表情の持ち主だった。二人で代わる代わるあやし、ミルクをあげたりおむつを換えたり、寝つかせたり──ごく普通の夫婦と変わらない育児の様子がそこにあった。

直の表情は、先ほどのカメラの中のものとは、まったく違っていた。幸福に満ちあふれた別人のようだ。欠けているのは――確かに、薫だけ。

　映像は、それで終わった。

「――どうしてすぐ、我々に言わなかったんですか!?」

　富樫がいきりたつ。

「だって、そしたらすぐに直のところへ行って、逮捕するんでしょう?」

　反対に国彦は落ち着いていた。

「当然ですよ」

「僕たちは、あいつに自首をしてもらいたいんです」

　きっぱりと言う。

「普通に逮捕するのと自首とじゃ、あとでだいぶ違うって聞いたことがあります」

「まあ……裁判時には違ってくるでしょうな」

「だから、そう説得したんですが――」

「えっ、接触したんですか?」

「会ってはいないです。電話ですよ。会社の」

　富樫は頭を抱えた。捜査員は何をしていたのだろう。

「でも、納得しないんです。自分から薫と別れるのはいやだって言うんです」

「あなた方が娘さんを引き取りに行って、その足で警察に出頭させるっていうのはどうなんです?」

島の言葉に、国彦はうつむく。

「それは、『薫を返せ』と直に言うことでしょう?」

理恵子が言った。

「この子はあたしたちの子で、あなたの子供ではないって」

「そりゃそうですよ」

「それが……言えないんです」

「どうして!?」

富樫は、信じられないという顔をした。

「だって……直のあんな幸せそうな顔……あたしたち、初めて見た……」

理恵子が、遠い目をして言う。

「あたし、憶《おぼ》えてるんです。高校の卒業式の日、帰り道、直はたった一人であたしたちを待ってた。あたしたちはもう、つきあってましたけど、直に知られないよう、みんなに内緒《ないしょ》にしてました。でもその時、あたしたちは手をつないで歩いてたんです。それを見た直は……他に何か言おうとしていたんでしょうけど、結局、これだけ――。

『僕は、邪魔だったんだ』

あたしたちは、その言葉に何も言えなかった。否定もしなかった。そうじゃないって言えばよかった。今でも夢を見るんです。直の顔が、歪《ゆが》んで、消えて、なくなるの」

理恵子の手は、関節が白くなるほど強くタオルを握りしめていた。過去のつらさだけではなく、今あえて口にしなければならない、身を切られるような決断のためでもある。国彦の手が、それを隠すように包み込んだ。

「僕たちは、もう二度とあいつに、『お前は邪魔だ』なんて、言いたくないんです。直は薫を大切にしてくれてる。本当だったら、僕たちがあんな顔にさせてあげなくちゃいけなかったことを、娘が今やってるんです」

「でも……それとこれとは別じゃありませんか？」

控《ひか》えめな声で、島が言う。

「あなたたちは、あんなにうちひしがれて――薫ちゃんのこと、心配だったんでしょう？ことに奥さん。こんなビデオ見せられて……ほとんど拷問《ごうもん》のようだ。あっちはよかれと思ってやったんだろうが」

話していくうちに感情が露《あら》わになっていくのを、島は必死におさえているようだった。

理恵子は顔を上げ、じっと島の顔を見た。そして、ゆっくりと口を開く。

「あたし……直が言ったみたいに、幸せなんかじゃ――」

「理恵子、いいよ、もう――」

国彦を手で制し、彼女は言葉を続ける。

「誰にもちゃんと言わなかったから、きっと幸せそうに見えたんだろうけど、あたしはずっと不安で、怯《おび》えてて、これでいいのかわからないまま、毎日を過ごしてたんです……薫が生まれる前から、いなくなるあの日まで」

理恵子の意外な告白に、一同息をのむ。

「本当は仕事を続けたかったんです。正直、とても複雑だった。でも、子供を選ぶしかないから、ぎりぎりまで勤めて、会社を辞めたんです。その頃に働き口があるかわからないけど、ある程度大きくならないと再就職はできないし、このまま取り残されるんじゃないかってことばっかり思い始めたんです……。

生まれるまではまだよかったんですよ。赤ちゃんを見れば、突然心境が変わるんじゃないかって期待してたから。だけど……変わらなかった。全然。もう……すごくショックで……。

それでも、ずっとおさえてがんばってきたの。あたしはあの子の母親だし、かわいいと思う気持ちだってあった。でも、同時にあたしを——」

理恵子は突然うつむき、大きく鼻をすする。

「——縛《しば》りつける存在に見えて仕方なかったんです」

「ほんとに、誰にも言えなかったんですか？」

島の質問に、彼女はうなずく。

「国彦は忙しいし……そんなこと言うの、わがままにしか聞こえないじゃないですか。実家の母に匂《にお》わせて言ってみても、『何言ってんの』って――『そのうち慣れるから』って。考えてみたら、たった一ヶ月だったんですよね、薫が生まれて。でも、あたしにはそれがずっと続くようにしか思えなかった」

本当にそのうち慣れたのかもしれないが、もし慣れなかったら――それは、母にも子にも地獄だ。

「ＤＶＤ見た時……あたしが密《ひそ》かに苦痛だと思ってたことを、直はもう、めちゃくちゃうれしそうに、楽しそうにやってた。あたしの姿が幸せそうだって言った。あたしをうらやましいって言ってた。

あたしって、何て幸せなんだろうって――その時初めて思ったんです。あたしは、高校の頃からちっとも変わっていない。同じことをまた考えてた……自分の不安を、子供のせいにしてた。それを、こんな形で気づくなんて……」

理恵子は、国彦の胸ですすり泣く。

「だからこそ、一刻も早くお子さんを取り戻した方が――」

「それはわかってるんです、でも……」

国彦が、戸惑った目で、刑事たちを見回した。

「どうしたらいいんでしょう。妻は耐えきれずに、あなたたちに言ってしまったけど、僕たちは本当に、直に自首してもらいたいって思ってるんです。それだけなんです。いったいどうすれば……いいんですか？」

2

結局、夜中まで話し合ったが、うまい策は見つからず、結論は出ないに等しかった。とりあえず、赤ちゃんは大事に扱われているということと、犯人の逃亡の恐れはないということで、捜査陣にはほんの少し安堵の空気が漂った。これで直の家に踏み込めば終わりなのだが——富樫も島も、一応は鈴木夫妻の気持ちを汲《く》んでやりたいらしい。

しかし、佐藤直を説得するのはかなり困難だ。当然、鈴木夫妻が説得に当たるわけだが、互いに遠慮というかわだかまりというか、とにかく確執《かくしつ》を抱えたままでは、二重三重にロックがかかっているようなものである。第三者——むろん警察関係者ではなく——に間に入ってもらえれば一番なのだが、双方の事情を理解して、彼女を納得させられる人間を今から探さなくてはならない。直の恋人は、彼女の想いを第一に尊重しているという。つまり、立場は同じなのだ。

捜査本部は、しばらく鈴木夫妻と直の説得の対策に追われることとなった。

「鈴木さんたちは、とにかく彼女に直接会って話がしたかったみたいで、そのために警察の監視を逃れたかったんだね」

ぶたぶたは、えび玉を器用にコテで口に運んだ。

署に帰ってから、ようやくぶたぶたと立川はお役ごめんとなった。捜査本部では、当然まだ会議が続いている。

ぶたぶた行きつけのお好み焼き屋で、夕飯を食べる。二人でビールを一本だけ飲むことにした。ちょっと飲まずにはいられない。

「他に相談できるところはなかったんでしょうか」

立川は、焼きそばを危なっかしい手つきで皿に移した。

「うーん、佐藤さんのご両親には、あまりにもショッキングだもんね。話さないで女性になっちゃったみたいだし……。ほんとだったら間に入ってもらいたいだろうけど――」

警察か両親かで、相当悩んだかもしれない。究極の選択だ。どっちにしろ、いつかは話さなければならないが。

「あのカナ連れてた時に見たのは、やっぱり佐藤に連絡してたんですね。あの時、何か声をかけておけばよかったでしょうか……」

「うーん……。でも、警察にそんなこと言ったら、有無を言わさず、すっ飛んでくと思うだろうからねえ」

「ぶたぶたさんにだったら、話してたかもしれませんよね」

「さー、それはどうかなあ」

ぶたぶたは、夜店でも開けそうな手さばきで、たこ焼きをひっくりかえしていた。千枚通しのようなものを鉄板とタネの間に突っ込み、くるくる面白いように回す。

「ぶたぶたさん、料理するんですか？」

「料理？　するよ、けっこう」

「何が得意なんですか？」

「カレー」

何だ、それじゃ俺と似たようなもんだ、と立川は思う。

「スパイスを、自分で調合するんだ」

……うう、全然違った。

ぶたぶたは、コップのビールをおいしそうに一口飲んだ。泡が、鼻の先につく。

「そうだ。桃子ちゃんとこはどうしたの？」

「あっ、そうですね」

鈴木家での出来事に、すっかり報告を忘れていた。

「僕が彼女たちを家に送り届けた時、お母さんは警察に電話する直前だったんですよ」

行って帰ってくるまで、四十五分くらいだったろうか。急いで買い物に出た母親は、当然帰っていた。半狂乱だった。

「事情は説明したんでしょ？」

「ええ。そしたらお母さん、もうすんごい怒りましたよ。僕と祐輔くんが怯《おび》えるくらい。桃子ちゃんは泣いて、話になんなかったです。興奮して、お母さんまで泣きだすし」

「そうか。お母さんが怒る時に怒ってくれれば、何とかなるよね」

ぶたぶたは、残りのビールをぐっと一気に飲み干した。

「明日にでもまた連絡入れてみて。祐輔くんにもね」

「はい、わかりました」

焼き上がったたこ焼きを、ぶたぶたが立川の皿に山盛りにする。

焼きたてのたこ焼きで、立川は口の中をやけどしてしまう。ぶたぶたは平気なようだが、果たしてやけどすることなんて、あるんだろうか。

「ぶたぶたさん、鼻に青ノリついてますよ」

「あ、そう？」

おしぼりで、いっしょうけんめい拭《ふ》くけれども、なかなかとれない。

食事のあと、立川は署の上の寮に戻り、ぶたぶたは自宅へ帰っていく。

彼の家は、川のほとりにあるマンションだそうだ。親子四人で仲良く暮らしている。

「今度、遊びに行ってもいいですか……？」

立川は、おそるおそる訊いてみる。

「いいよ。いつでもおいで。自慢のカレーでもごちそうしたげるから」

「ありがとうございますっ」

異様に喜ばないように気をつける。しかし、バスに乗ったぶたぶたを見送ってから、思わずガッツポーズをしてしまう。

ぶたぶたさんの奥さんって、どんな人なんだろうか。考えれば考えるほど、人間とかけ離れていくのだが、それは何だか、ものすごく申し訳ないことのように思える。せめてどんな顔をしているのか、わかったらなあ——。

ほろ酔いというほどでもないがちょっとだけいい気分で署に帰ってくると、捜査本部の灯《あか》りは、まだ煌々《こうこう》と照っていた。一気に酔いが醒《さ》める。何かいい考えは、浮かんだのだろうか。

もう仕事として手伝うことはなさそうだけれど、考えることぐらいはできる。ビールを半分にしておいてよかった、と立川は思った。

第七章
完璧な囮《おとり》

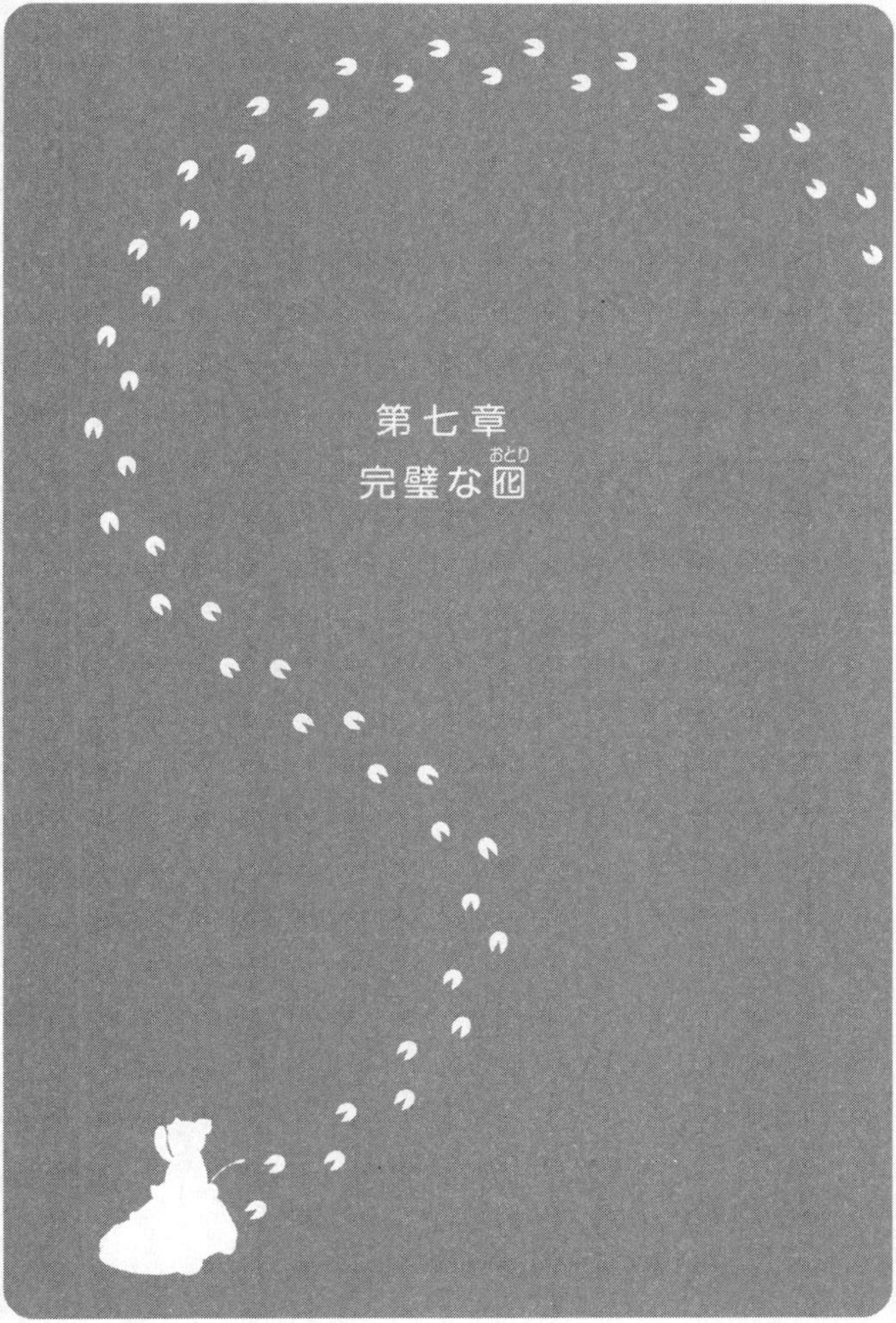

1

立川は、大きな紙袋を持って、広場に立っていた。

つい最近、駅前にできたばかりの百貨店系列のスーパーだ。上階には高層マンションが入っている。高級食材やブランド品、輸入雑貨などを扱う、かなりおしゃれな新スポットだった。テナントとして、大規模な映画館や有名書店、レストランも入っている。店舗、住居部分、今、立川が立っているエントランスの広場、遊歩道も含めて、名前は〝フロンティアプラザ〟という。

確かにきれいだ。でも、ちょっとこの街には似合わない。目指したのは恵比寿《えびす》ガーデンプレイスみたいなところなのだろうが、街並みと、異様に高層なマンションがとてもちぐはぐなのだ。イメージとしては広尾や麻布《あざぶ》――しかし、それを下町の真ん中に持ってこようとしてもなあ、と思う。

それでもこういう大型複合スーパーがなかったせいか、周囲の期待はかなり高い。今は朝の七時半なので、出勤するマンションの住民ばかりだが、ベーグル専門店だけが開いていて、なかなかの盛況だ。普段も、まだ物珍しさが続いているのか、まめにイベントなどがあるせいか、けっこうにぎわっている。

だいたい、都下に近いとはいえ、一応ターミナル駅を抱えている街なのに、大きな書店も映画館もなかったのが不思議なのだ。これで一気に地味な街という印象を払拭《ふっしょく》しようと、区長が意気込んでいるらしい。なぜかというと、住居部は区営の分譲住宅なのである。

ところが、さっそく問題が持ち上がった。

商品に針が入れられる、という事件が発生したのだ。しかも、明らかに子供を狙《ねら》った卑《ひ》劣《れつ》な行為だった。

当初スーパー側は、内密に解決をしようとしていた。しかし、警備を強化しても防犯カメラを増やしても犯人は捕まらず、ついに客が軽い怪我《けが》を負ってしまうに至る。

立川は、その捜査のためにここへやってきたのだ。開店前に店長と売場の担当者と話をしなくてはならない。

が、しかし、例によって彼はその事件の担当ではなかった。

区長から圧力がかかっているのかもしれないが、早く解決するため総力を結集しろ、と一応署長から命令が出ている。子供に被害が及ぶことを考えると、それは当然、とは思う。でも、他にもそんな事件はあろうに……。

立川は、ため息をついて、フロンティアプラザの中に入っていった。

応接室に通され、スーパー部の店長と挨拶《あいさつ》を交わす。

「今回は、少し特殊な捜査をされる、と島さんからお聞きしましたが……」

いい加減よれよれの島が、また本当の担当刑事なのだ。むりやりねじこまれた事件と言ってもいい。気の毒なので、ついてきてもらうのを丁重《ていちょう》に辞退した。

不安そうな顔の店長は、青白い顔をした四十代の男だった。名は佐伯《さえき》という。

「はあ、まあ……最短で解決しようと思っておりますんで」

「これ以上お客さまに被害がないうちに、犯人が捕まってくれるといいんですが」

「そのつもりです」

「それで、具体的にはどのように——？　こちらからの協力は惜しみません」

「はあ、あのう……ちょっと説明しにくいんですが——」

立川は持ってきた紙袋の中から、一つのぬいぐるみを取り出した。

桜色をしたぶただ。突き出た鼻と、黒ビーズの目と大きな耳——右側が後ろにそっくり返っている。手足の先には、濃いピンク色の布が貼《は》ってあり、しっぽには小さな結び目がついていた。大きさはバレーボールくらいだ。それが、二本足で踏ん張って立っている。

「はじめまして。春日署の山崎ぶたぶたです」

鼻の先がもくもく動いて、そんなことを言う。そして、ぺこりとお辞儀をした。

佐伯の口が、あんぐりと開いたまま、閉まらなくなった。

「よろしくお願いします」

ぶたぶたはそう言って、警察手帳の身分証明書と、名刺を差し出す。しかし、佐伯には受け取れる余裕がないようだ。

「佐伯さん」

立川の問いかけに、彼ははっとなって顔を上げる。夢からさめたみたいに。

「ああ、いや……立川さん、どういうことでしょう……」

「あのう……この山崎がですね、あの、私の上司なんですが——」

「上司⁉」

佐伯は目を丸くする。でかい図体の立派な大人の上司がぶたのぬいぐるみなのだ。そりゃ驚くだろう。自分も驚いた。

「上司です」

ぶたぶたが、自分を指さす。指なんてないのだが。

佐伯は、ぶたぶたと立川を見比べて、首を傾《かし》げた。何が始まったのかわからなくなってしまったらしい。

「佐伯さん」

「はい」

と返事してから、呼んだのがぶたぶただと気づき、飛び上がらんばかりに驚く。「わあっ」とか言って。

「大丈夫です。まかせてください」

佐伯の眉毛《まゆげ》が、八の字になった。とても困っている。立川には、その気持ちがものすごくわかった。ぶたぶたはよく「大丈夫」と口にするのだが、いろんな意味がありすぎて、何のことを「大丈夫」と言っているのかわからなくなるのだ。

「とにかく、最初からお話ししますよ。腰を落ち着けてください」

半ば腰を浮かしていた佐伯は、ぶたぶたの言葉にようやくソファーに身を沈めたが、本当にぐったりと力が抜けている。

「やっぱりこの場合、ぬいぐるみである私が——」

と言った瞬間の愕然《がくぜん》とした顔と言ったらなかった。準備に追われ、ようやく鳴り物入りで開店したと思ったら、針混入事件が起こり、その上やってきた刑事がぬいぐるみでは——無理もない。

「何でしゃべるんだあ……」

泣きそうな声で言う。

「まあまあ。落ち着いてください」

落ち着けと言われても——と思っているに違いないが、落ち着いてくれないと、こっちはとても困る。

「混入されたのは、ぬいぐるみですよね？」

「……そうです」

ぶたぶたの質問に、しばらく黙ったのち、か細い声で佐伯は答えた。何だか尋問をしているみたい。

「ぬいぐるみだけですか？　布団やパンなどには入っていないんですね？」

「ええ……金属探知器で徹底的に調べました。入れられていたのは、ぬいぐるみだけです」

何だかあきらめてしまったように、淡々としゃべり始める。

「最初にわかったのは、買って帰られたお客さまが気づいて、うちに返しに来た時です。そのあと、うちで見つけたのも含めて、もう……一ヶ月に六本、六回も。先週の木曜日に、女性のお客さまの指に刺さって、それで通報したんです」

「入れられたのは、特定の曜日ですか？」

「はあ、入れられた日に限って言えば、火曜と木曜です。毎週ってわけではありませんが」

「時間は？」

「だいたいお昼くらいから五時の間ですかね。それもまちまちです」

立川がメモを取り、ぶたぶたが質問をする。ビーズの点目《てんめ》の上に、縦じわのようなものが浮かび、手を頰に添えた。不謹慎と思いながらも吹き出しそうになるが、佐伯もじっとその仕草《しぐさ》を見つめている。

「あっ、すみませんね。私、ずっとテーブルの上に立ってて」

降りようとするぶたぶたを、佐伯はあわてて止める。

「いいです……そのままで」

「そうですか？　申し訳ないですね。この方が話しやすいですもんね」

「……座ってもいいですよ」

「あ、すみません。じゃ、遠慮なく」

ぶたぶたは、ぬいぐるみ特有の大股《おおまた》開きで座り込んだ。飾り物にしか見えない。

「不審人物は見つからなかったですか？」

ぽかんとしてぶたぶたを見つめていた佐伯が我に返る。

「ああ、ええと……例えば一人でふらっとやってくるような人っていうのがあまりいないんです。お客さまの傾向がわかりやすいところですからね、ぬいぐるみ売場って。むろん女性は一人でもけっこう来られるんですが、男性は目的がない限り、ほとんどないです。でも、男女別なく、一人で来られたのを防犯カメラで見つけた場合、警備員が急行して目を光らせて、あとでその人が触ったと思われる箇所を調べますが、何もありませんでした」

一度しゃべりだすと、よどみなかった。他の刑事にも話しているからだろう。冷静な物言いではあったが、話しているうちに声が震えてきた。よほど腹に据《す》えかねているようだ。

「はあー……集団で、っていうのは疑いました？」

「ええ。女子高生が団体で群がってるっていうのはけっこうあるので、そういう場合も調べます。でも万引きはあっても、針は入ってないんです」

「万引きも困りますけどね」

ぶたぶたは苦笑する。つられて佐伯も笑う。

「じゃあ、結局どういう場合に針が入ったんですか？」

「いやあ……防犯カメラでも、警備員にもはっきりとわからないんです。不審と思えば誰でも不審に見えてきちゃいますし……そうなると、絶えず調べ続けることになりますし、そうなると印象も悪いし……」

ほとほと困った、という顔でうつむくが、ぶたぶたのことはもうそんなに気に止めていないようだ。そんな場合ではないことを思い出したのだろう。

「脅迫状などは来ましたか？」

「いいえ、来てません」

「以前からしつこく苦情を言ってくる客や、このビルの建築に反対していた人とか――」

「そんなの、ものすごくたくさんいますよ。それにそれは、島さんの方で当たっていると言ってました」

ぶたぶたが「うーん」とうなって軽く腕を組む。夢見る乙女のようだった。

「それであの……特殊な捜査って……？」

佐伯がおそるおそるたずねる。

「ああ。やっぱり現行犯で捕まえましょう、ということで——私が囮《おとり》に」

ぶたぶたが言う。

「囮……」

「厳密にはそうではないです。私がぬいぐるみに紛《まぎ》れて見張っているだけですから」

「はあ～……」

佐伯の顔が、「やっぱそうか」と言っていた。

「なので見つからないように、紙袋に入ってきました。誰にも見られていないと思いますので、私を商品と同じに扱っていただいてけっこうです」

佐伯がぶたぶたと立川を見比べる。

「商品として置くってことは……つまり……」

「ええ。針に刺される覚悟です」

つらい仕事のようだが、

「痛くないから平気です」

だそうだ。

「それって……かわいそうじゃないですか」

佐伯が泣きそうな声で言う。しかしそれは、彼自身のことを言っているようだった。何だかもう、この数分でげっそりやつれた感じだったし。

「いえ、ほんとに平気です」

「何かでも……そうまでしてまで……」

「でも、私以外では、あそこに堂々といてわからないっていう者はいませんよ。この立川がぬいぐるみに紛れてたら、変でしょ？」

普通、紛れることなんかできないのである。

「子供に被害が及んだら、大変ですよ、佐伯さん」

「そう……ですね……」

「そのために、島が私を呼んだんです」

それはとても説得力がある。

「とにかく、張り込んでみますから」

「わかりました……。考えてみれば、こんな適役はありませんよね」

まるで、自分に言い聞かせるように、佐伯は言った。一応、笑ってはいた。

開店前のぬいぐるみ売場は、遊園地のようにカラフルにディスプレイされていた。立川のようなごつい男には、似合わない場所だ。

担当の店員・友井佐智子《ともいさちこ》は、二十代後半と言っていたが、女子大生のバイトのように見えた。佐伯の評価は高いが、さすがにぶたぶたには衝撃を受けたようだった。売場をくまなく観察しメモをとり、大の男に指図をするぬいぐるみなんて、初めて見ただろう。

「どこら辺が、一番この売場を見渡せますか?」

ぶたぶたから質問されて、さらに驚いたらしい。

「見渡すんですか?」

「見渡しますよ。それが仕事です」

点目は、意外と視野が広い。

「どこら辺と言っても……」

いきなりのことで、彼女は動転していた。いきなりぬいぐるみの視点になれ、といっても無理だろう。立川とぶたぶたは、もう一度ぬいぐるみ売場を練り歩く。

「ぶたぶたさん、ここがいいんじゃないでしょうか」

立川が見つけた場所は、入口右手にある棚の一番上だった。ここなら、上から見下ろす形になるので、死角がない。あまり下の方にいると、真ん中にある山のようなディスプレイに向こう側が隠れてしまうし、下手《へた》すると買われてしまうかもしれないので、ここが最適に思われた。

「ちょっとじゃあ、乗っけてくれる?」

立川は、ぶたぶたを持ち上げた。ぶたぶたは棚に座り込み、売場を見下ろしたり見回したりする。

「うん。ここでいいかな。人の流れからいって、ここから入ってあっちへ出ていくって感じだもんね。様子がわかりやすそうだ」

納得したようにうなずくと、

「じゃ立川くん。ここにぶたのぬいぐるみを集めてくれる？」

と言う。

「えっ、どうしてですか？」

「ここには犬のぬいぐるみが集めてあるだろ？　そこに僕がいたら不自然じゃない」

「あっ、そうか」

後ろを振り向くと、佐智子がぶたのぬいぐるみをたくさん抱えて立っていた。

二人で手分けをして犬とぶたのぬいぐるみの入れ替えをする。

ようやく態勢を整えて、これで準備万端——と思ったのだが……。

「どう？　わからないかなあ？」

じっとしているぶたぶたにそう問われても、なかなか返事ができない。何だかどうも、違和感があるのだ。紛れさせるように並べたにもかかわらず、なぜかぶたぶたが浮いて見える。

「あのう……」

佐智子が遠慮がちに声をかけた。

「はい？」

「こんなことを言っては、失礼かもしれないんですが……」

「どうぞ。何でも言ってください」

「はあ……あのう、ちょっと汚れているので、けっこう目立つんですが……」

……やはりそうか。それ以外ないよな、と立川も思っていたのだ。薄くなってはいるが、お腹《なか》の鉄棒のあともまだ残っているし。

「やっぱり汚いかなあ」

本人が、気を悪くした素振りも見せずに言う。

「昨日《きのう》、一応洗ったんだけどね」

「どうやって洗ったんですか？」

「いや、風呂《ふろ》に入ったんだよ」

「お風呂入ったんですか!?」

「お風呂!?」

立川と佐智子の声がハモる。

「比べるとやっぱり目立つのかあ。困ったなあ、どうしよう。自分でじゃなくて、誰かに洗ってもらった方がよかったですか？」

ぶたぶたの問いに、佐智子は、

「いえ、まあ……普通ぬいぐるみは、そうやって洗いますからね」

しどろもどろに答える。

「普通、ぬいぐるみってどう洗うんでしょうか？」

立川が、たずねると、

「ぬいぐるみ用のシャンプーってありますよ」

佐智子はヘアムースの缶みたいなものを持ってくる。くまのキャップがついている。

「どうするんです？」

「水を使わないで、それを吹きかけて布で拭《ふ》いて——」

「はあ」

「半日風通しのいいところに置いておくんです」

それでは捜査にならない。今の時刻は八時半。十時の開店までには、ぶたぶたが並んでいないといけないのだ。

「でも、わたしはそうやって洗ったことないですけど」

「そうなの？　どうやってるんですか？」

「おしゃれ着洗い用の洗剤がありますよね？　あれで押し洗いをしてから、脱水機かけて陰干しするんです。それか、乾燥機」

「脱水機……に乾燥機……ですか？」

ぶたぶたを見上げると、とても困ったような顔をしている。

「かかったことあります？」

「ううん、ない」

「いつもどうやってお風呂に入ってるんですか⁉」

「寝てる間に乾くよ。長湯しないし。ドライヤーも使うけど」

二人は顔をしばらく見合わせていたが、やがて佐智子に、

「洗ってきます」

と口を揃《そろ》えて言うと、あわてて売場を出ていった。

2

署に帰る途中、コンビニに寄って、洗剤を手に入れる。給湯室のシンクにふたをして、ぬるま湯をため、洗剤を溶かした。

ぶくぶくと泡のたった水面を、二人で見つめる。

「これでいいんですかね？」

「いいんじゃないの？」

「洗っていいですか？」

「洗わないとダメだろ？　何とか十時までに行かないといけないし――」

「では……失礼します！」

立川は、意を決してぶたぶたを湯につけた。手足の先を上にのばしたまま、ぶたぶたが浮かぶ。

「沈めて沈めて。押し洗いでしょ？」

「でも、何だか風呂場で溺死《できし》させるみたいで……」

ものすごく気分が悪いのだ。

「大丈夫だから」

「ほんとですか？」

ぎゅーっと――まず首から下を湯に沈めた。それだけ見ていると、泡風呂につかっているだけに見えるが……。

「頭と身体の色が変わったら変なんだから、ちゃんと洗いなさい」

「はい――」

ぶたぶたの顔まで湯に沈める。変な泡が立ちのぼって、身体《からだ》が硬《かた》くなる。心の中で、思わず謝ってしまう。

『ぶたぶたさん、ごめんなさい……！』

人を殺す時っていうのは、こんな気分を味わうのか——。

「何してるんですか？」

背後の声に振り返ると、ポットを持った栗原美佳が立っていた。

立川の手から力が抜けて、ぶたぶたの身体がまた湯に浮いた。

「何洗ってるの？——あれ、ぶたぶたさん！」

「おはよう、栗原さん」

泡まみれで、ぶたぶたは挨拶する。

「おはようございます。ぶたぶたさんを洗ってどうするの？」

事情を説明すると、美佳はげらげら笑いだした。

「水が多いですよ、これじゃ」

「そうなんですか？」

水何リットルにつきどれくらい、とか書いてあっても、具体的な分量がよくわからなかったのだ。そして、ぶたぶたと立川が思い浮かべたイメージはなぜかバブルバスであった。なので、泡だけはふんだんにたつようにしたのだが。

「この半分で充分」

美佳は手慣れた手つきでシンクを洗って、改めて湯をため、洗剤を溶かした。できた洗剤液の中にぶたぶたをつけると、まるで半身浴をしているようになる。気持ち良さそうだ。

「あたし、洗いましょうか？」

「いえ、そんな……」

「男に洗われるよりも、栗原さんに洗ってもらった方が、ぶたぶたさんもうれしいんじゃないの？」

給湯室の入口からの声に振り向くと、君島が笑いながら立っていた。君島だけでなく、他にも何人かいる。通りかかった人がのぞき込んでいるのだ。

「誰でもいいから、早く洗ってー」

そうだ。もう九時になるではないかっ。

立川は、猛烈な勢いでぶたぶたを湯の中に押しつけた。ギャラリーからどよめきが起こる。

「そんな強くなくていいんですよ」

「あ、そうですか？　わああ、ぶたぶたさん、すみません！」

ぶたぶたが、土左衛門《どざえもん》のようにうつぶせになっている。ようやく水を吸って、ほどよく沈むようになったのだ。ごぼっと音を立てて、ぶたぶたが顔を上げる。

「だ、大丈夫……」

しかし、ちょっと勇気のいる頭を洗ってしまえば、あとは気分が楽になる。なぜかというと、押し洗いというより、風呂でマッサージをしているみたいになったからだ。

「うーん、極楽極楽」

と、ぶたぶたも口にするほどである。

シンクの湯を抜いて、給湯のシャワーをかけ、また湯をためてすすぐ。濡《ぬ》れたままでは
わからないが、きれいになっているのだろうか。

美佳にお礼を言い、ギャラリーを蹴散《けち》らし、タオルにくるんだぶたぶたを上階の待機所
へ連れていく。全自動の洗濯機の中に、もうためらっているヒマもなく放り込む。

「覚悟できてますか、ぶたぶたさん」

「うーん、気持ち悪くなりそうだなあ」

不安を口にしたが、もう時間がない。立川は脱水をセットして、スイッチを入れる。

かすかな悲鳴が聞こえてきたが、三十秒だけ我慢《がまん》してからふたを開ける。

「きゃー……！」

「気持ち悪いですか、ぶたぶたさん！」

「だ……大丈夫……」

ぐったりしているぶたぶたは、まだ湿り放題だった。当然だ。脱水しかしていない。

乾燥機にかけないと、とても開店には間に合いそうになかった。

目を回しているぶたぶたをバスタオルにくるんで、あわてて下の部屋に戻ると、諏訪が

顔を見るなり言った。

「北口にいいのがあるよ」

「は？」

「乾燥機使うんだろ？」

「乾燥機にいい悪いなんてあるんですか？」

「あるんだよ。というより、火力がでかいか小さいかってことだな。駅の北口降りてすぐのコインランドリーの乾燥機は、普通の半分で乾くぞ」

「あと四十分しかないんですよー」

「ぶたぶたさんなら三十分かければ充分だから、早く行け！」

何で乾燥機のことをそんなに知っているのか、と訊《き》けないまま、立川は署を走り出た。

乾燥機は、十分百円だった。

「おおっ、二百円しかない！」

コインランドリーについてから小銭が足りないことに気づいて、真っ青になる。

「百円ありませんか⁉」

ぶたぶたはまだぐったりとしている。脱水機に相当ダメージを受けたようだ。

「入れて平気ですか？」

「大丈夫……だと思う。でも、入れなさい」

「百円……ないですよね？」

「あの――くずしましょうか？」

後ろから突然声がかかる。タオルでぶたぶたを隠して振り向くと、若い女性が立っていた。

「あっ、すみません。五百円でいいです」

女性に五百円玉をくずしてもらい、包んでいたバスタオルのまま、ぶたぶたを放り込み、スイッチを入れた。ドラムが回りだし、大きな音がし始めた。

「うわっ、熱っ」

あまりの熱気に、あとずさる。くすくす笑い声が背後から聞こえた。さっきの女性が立川を見て笑いをこらえている。

「乾燥機ってあんまり使ったことないんですか？」

「は、はあ……今日が初めてです」

「何乾かしてるんですか？」

のぞき込もうとするのをあわてて隠す。窓が、思ったよりもずっと大きくてクリアなのだ。幸い、ぶたぶたはまだタオルにくるまったまま回っている。

「あ、あの……ぬいぐるみです」

これぐらい正直に言っていいだろう。

「あつーい……」

ドラムの回る騒々しい音に混じって、かすかな声が聞こえる。異様に熱い背中に、寒気が走った。しかし、彼女は気づいていない。

「これからお仕事ですか？」

「あ、はいっ」

話題が変わってとてもうれしい。

「そうなんですか？　うちのと同じに、これから帰るのかと思った」

「え、どうしてです？」

「だって、お子さんのぬいぐるみじゃないの？　それに、何だか疲れて見えるから――」

疲れているのは本当である。服ももう、よれよれだ。

「いえ、あの……仕事の道具で……」

心の中でまた謝る。道具扱いしてごめんなさい。

「それより、ここの乾燥機って早く乾くってほんとですか？」

自分から話題を変えればいいのだ。

「ええ、そうですよ。ここら辺の他のコインランドリーに行くとわかるけど、大きいし、他のよりも熱いんです」

確かに、アメリカ映画に出てくるようなどぎつい黄色のボディと、巨大なドラムである。後ろで回っているぶたぶたが燃えないかと心配になってきた。でもよく見たら、国内メーカーのものではないか。

「——よくご利用されるんですか?」

「ええ、急ぎの時は。タオルやシーツなんかは、ここで乾かすとふんわりしますし」

「そうなんですか。今度使ってみようかな」

彼女がにっこり笑うのと、一つおいた隣の乾燥機が止まるのが、ほぼ一緒だった。彼女は中から洗濯物を取り出し、トートバッグに詰めると、

「じゃ、お仕事がんばって」

と言って、コインランドリーを出ていった。一人になって、思わず大きなため息が出る。利用している人に訊けば、なぜ諏訪が乾燥機にくわしいかわかるかと思ったが、結局わからなかった。根拠はないが、諏訪という男には謎《なぞ》が多い、と立川は勝手に思っているのだ。

「あっ!!」

それどころではない、ぶたぶたが!

乾燥機に向き直ると、ぶたぶたは乾燥機のドラムの中で、アクロバティックに回っていた。

「はっ、ほっ」

変な声がする。

輪っかで遊ぶハムスターのように、ドラムの動きに逆らって走ったり、くるりと一回転をしたり――何だか楽しそうに見えるのは、気のせいか？　誰か来たら困る、と背中で隠していたが、幸いにも誰も来なかった。

三十分後に乾燥機が停止した時、ぶたぶたは見違えるほどきれいになっていた。お腹の筋もない。しかも、さっきの女性が言っていたとおり、ふんわりふかふかである。しかし、耳のそっくりかえりは直らなかった。

さらに、乾燥機の中でまたダメージを受けるかと思ったのだが、ドラムの大きさ故に動きに余裕ができたらしい。

「いい運動できたよー。熱くて、目が溶けるかと思ったけど」

「怖いこと言わないでくださいよ」

またタオルにくるんで、店に走る。駆け込んだのは、九時五十五分だった。

佐智子は、きれいになったぶたぶたを見て歓声をあげた。

「もっとかわいくなりましたねー」

が、改めて売場を見ると――ぶたぶたと立川は再びがっくりする。どんなにきれいになっても、「こざっぱり」とか「洗いざらし」という程度で、新品には見えないのだ。こんなにふわふわのふかふかで、手触《てざわ》りだって最高なのに――。

「働いてるとダメですねえ……」

「そんなことないですよ」

佐智子が言う。ぶたぶたがスタンバイするはずの棚には、さっきまでのぶたではなく、くまがたくさん並べられていた。

「アンティークのテディベアを並べときました」

テディベアだけでなく、うさぎや犬や猫もいる。みな古ぼけているが、味のある顔をしていた。その中にぶたぶたが座ると、まったく違和感なく溶け込む。これなら万全だ。

「でも、だったら洗わなくてもよかったんじゃ……」

思わず立川はつぶやく。考えてみれば、針に刺されるよりも大変だったかもしれない。

ぶたぶたは、ひきつったような笑みを浮かべたが、何も言わなかった。

3

立川は、店員のふりをして隣の売場から見張っていた。

午前中はヒマだ。さりげなくぬいぐるみ売場に近づき、ぶたぶたに話しかける。

「怪しい者はいましたか？」

「うーん、今んとこいないな」

「火曜日って、毎週現れるみたいですよ。今週も来るんでしょうか」

「さあねえ。長いこと張り込むこと覚悟してるんだけど――」

佐智子と立川は、客が途絶えたのを見計らって、何度か金属探知器を使って調べたが、午前中は何事もなく過ぎた。ぶたぶたも立川も、昼食抜きでがんばる。

午後になって人が増えてくると、見張っているとはいえ店員のふりをしている立川は、客にいろいろなことをたずねられて、ごまかすのに四苦八苦してしまう。佐智子も他の店員もレジの対応に追われる。

ぶたぶたの観察眼だけが頼りだ。

しかし、レジにぶたぶたが持ってこられるというハプニングも予想どおり起こる。〝非売品〟というプレートを首からかけたが、それでも持ってくる。買えなくて泣く子供をなだめたりあやしたりと、何の仕事をしているのかわからなくなってくる。

ぶたぶたは、立川に話しかけられる時以外は、完全にぬいぐるみになりきっていた。動くとしても傍目《はため》にはわからない。むろんしゃべらないし、食事もしない。目を閉じないから、もしかしたら居眠りをしているのかもしれないが、彼のことだから多分していないのだろう。

こうしていると、まるで本当のぬいぐるみのよう――ってそうなんだけど。

三時くらいになって、学校帰りの女子中高生たちが隣の売場に流れてきた。キャラクターのキーホルダーやステーショナリーが並んでいるのだ。

立川は、やたら万引きを目撃するので、あきれてしまった。さりげなくてすばやくて、罪悪感のかけらもない。専門の警備員にまとめて報告すると、外に出たところで全員捕まっていた。

窓からその様子をながめていると、後ろから背中をつっつかれる。

あわてて振り向くと、桃子と祐輔が立っていた。

「どうしたの？　クビになった？」

桃子がにやりと笑いながら言う。憎たらしい子供である。

「バイトしてるの？」

祐輔は、心配そうな顔をしていた。そんな顔されるのも困る。

「仕事だよ。大きな声で言うな」

「あらっ」

二人の顔が輝く。

「何なの？」

「あとで話してやるから。ぬいぐるみには触るんじゃないぞ」

「ええー、ぬいぐるみ買いに来たのに」

桃子ががっかりした顔になる。

「鈴木さんちに、おわびに何かあげようと思ったの」

「お、けっこうしおらしいこと考えるじゃないか」

桃子はふんっと鼻を鳴らす。

「でも、僕がうるさく言わなかったら買いに来ようとしてないよ」

「うるさいね。赤ちゃんが戻ってきてからの方がいいって言っただけじゃんよ」

「あんまり大きな声でしゃべるなって」

二人には、鈴木家で見たこと聞いたことを、絶対に口外するな、と言ってある。

「誰にも言ってないだろ？」

「言ってないよ。ほんとに」

二人とも強くうなずく。

「マスコミが嗅《か》ぎつけたら、大変なことになるからな」

今のところその気配はないので、この子たちの口の固さは信用してもいいかもしれない。

「そのかわり、あとで全部教えてよ」

立川は、二人のきらきらした目に見つめられてうなずいたけれども、内心はうなっていた。どう説明したらいいのだ。

「ぶたぶたは？」

「ぶたぶたさんも仕事中」

「どこにいるの？」

立川は、迷ったあげく、ぶたぶたの場所を教えた。ただし言葉で。あとは間違い探しの要領である。二人は、懸命に見つけている。

「あ――」

見憶えのある顔が、キーホルダーの棚の前に立っていた。

今朝、コインランドリーにいた女性だ。ベビーカーに乗せた子供を連れている。屈《かが》み込んで、子供が関心を示したキーホルダーを手に取っている。楽しそうな笑い声が響く。

今朝のお礼が言いたいな、と思ったが、仕事中だし、変に目立ってもいけない。振り向きそうだったので、背を向けて立った。

「あたし、あの人知ってる」

立川の視線を追ったのか、桃子が言った。

「ちょっと前にうちに来たの」

「知り合い？」

「ううん。ベビーシッターの面接をしたの。その中にいたんだよ」

「へー。お母さん、働くの？」

「その時はそのつもりみたいだったけど、結局また身体こわしたんで、それはなくなったの」

「お母さんとどう？」

「うーん……」

桃子は深くうなる。

「ああいうことしたわりには、いい感じなんだけど……」

「だけど？」

「悩んでるんだよね、桃子は」

祐輔が無邪気《むじゃき》に突っ込む。

「うるさいなあっ」

「お母さんと、ちゃんと話したいんだって。今までのこと」

「言わなくていいんだよ、そんなこと」

「いいじゃん。ぶたぶたさんたちに相談するって言ってたじゃないか。あっ、いたっ」

祐輔が、ぶたぶたのいる方向に伸び上がる。

「指さすなよ、絶対にっ」

「どこどこっ？」

桃子も見つけて、二人で密《ひそ》かに大騒ぎをしている。

「ダメだ、もうお前たち帰りなさい」

バレると困る。

「ぶたぶたに話したいことあるんだよ」

桃子が、妙に真剣な顔で言うが、それは作戦かもしれない。

「仕事が終わるまでダメ。おわびの品は、もうちょっと待って買えばいいから――」

「ちぇっ」

態度がやはり豹変《ひょうへん》する。

「じゃあ、僕が言っといてやるから」

「絶対だよ」

「――っていうことは、お母さんにちゃんと話すってことだな」

桃子の顔が、愕然《がくぜん》となる。

「それって、『墓穴《ぼけつ》を掘った』ってこと？」

祐輔ののんきな声に、桃子は思い切りそっぽを向いた。

そののち、中高生との万引きの攻防はあったものの、ぬいぐるみに針が入れられること はなく、閉店時間となった。

「万引きの警備員としてやっていけそうです」

立川が言うと、

「君は、こういう店にも食料品売場にも似合わないから、向いてないと思うなあ」

ぶたぶたは床の上でストレッチをしながら、すげなく言う。

「ところで、さっきコインランドリーで見かけた人がいたね」

「えっ、よく憶《おぼ》えてますね。中から見てたんですか？」

隠してたのに。

「うん、見えた。話は聞こえなかったけど。何を話してたの？」

立川が話の内容を聞かせると、ぶたぶたは何か考え込んでいるようだった。

「あの人、立川くんが気づくより先に、君の存在に気づいてたみたいだよ。君が階段をのぼってきたら、明らかに見つからないよう顔そらしたみたいなんだよね」

「そうなんですか？　ぶたぶたさん、目がいいですね」

ここの棚から、売場の端《はし》にある階段まで、だいぶ距離がある。健康的な視力の持ち主である立川でもぼやける。ぬいぐるみの点目は何でもお見通しなのか？

「いや、だいぶボケてるよ。でも、立川くんはいくらなんでもわかるもん。それ見て目をそらすなんて、怪しいじゃない。それがちょっと今朝見た人と似てるなあ、と思っただけだよ」

まっとうな答えが返ってくる。

「そういえば、桃子ちゃんがその人のこと知ってるって言ってました」

「桃子ちゃん、来たんだ」

「ええ、祐輔くんと。何か話したいことがあるって言ってましたよ」

「じゃあ、ちょっと電話しよう」

そう言って、携帯電話をいつものリュックから取り出す。最も小さくて、最も軽量のものだ。ぶたぶたにとってではないのが、残念だが。

ぶたぶたが桃子の家に電話をしている間、立川は周辺を片づけて、似合わないエプロンをはずす。

そういえば、佐智子はどこへ行ったのだろうか。話を聞こうと思ったのに。

ぶたぶたが、電話の電源を切りながら言う。

「今度の休みの日、立川くんも同じだったよね」

「はい」

「あの二人が家に遊びに来るって言うから、立川くんもおいでよ」

「えっ、いいんですか？」

ぶたぶたがうなずく。

「午後くらいからでいいかな？」

「はいっ」

こんなに早くチャンスが巡ってくるなんて――ラッキーだ。

「じゃあ、友井さんに話を訊いていこう」

「彼女、どこにいるんですか？」

「休憩室だよ」

4

佐智子は畳の上に横になっていた。

「どうしました？」

「ちょっと具合が悪くて……」

「無理しないでくださいよ、赤ちゃんいるんでしょう？」

「何でそんなこと知ってるんですか、ぶたぶたさんっ」

やはり点目はお見通し？

「いや、ご本人に聞いたんだよ。仕事中に」

……なんだ。

「ちょっとお訊きしたいんですけど」

「はい、どうぞ」

身を起こそうとする佐智子を、ぶたぶたは押しとどめる。

「そのままでけっこうです。あの――常連さんというか、よく来るお客さんっていらっしゃいますよね？」

「はい。よくお見かけする方は何人か――」

「そういう人って、毎日来るものですか？」

「うーん……まちまちですね。ＯＬとかだと、お昼や夕食を上で食べて、その帰りに本屋やこういうとこに寄るとかってパターンが多そうだし、子供連れだと、買い物のついでとか、お散歩とか……。でも、そんな決まって毎日っていうのはないですよ。雨だと来ないっていうのもあるし。近所じゃなきゃ、土日は来ませんからね」

「毎日来る人っていうのは、いないんですね？」

「前の職場ではいたんですけど、今のところは新しいせいか、まだそういう人はいないと思います」

「もしそういうまちまちな人が犯人だとしたら、どうして火曜日と木曜日に針を入れたりしたと思います？」

佐智子はじっと考えていたが、

「わかりません」

と首を振る。

「じゃあ、反対に決まった日にやってくるっていう人は？」

「それは……火曜日と木曜日ってことですよね？」

「まあ、そういうことですね」

「それも考えたんですけど……忙しかったし、そんなにはっきり憶えてないんです。職場で話し合ったりしても、例えばお母さんは憶えてても、子供はわからない、その反対に子供の印象だけとか。あたしなんて今特に、子供にばっかり目が行っちゃうし。だから、記憶がすごく曖昧《あいまい》なんです。それで、その人と子供が、何曜日の何時くらいに来たかを全部辻褄《つじつま》合わせて思い出すのって、難しいんです。『こういう人がいたね』くらいで……。防犯カメラのビデオを見直したりするんですけど、なかなかピンと来なくて……」

　佐智子は、申し訳なさそうに言う。

「わかりました。それはそうですよね」

　ぶたぶたは、優《やさ》しく気遣う。

「ところで、これは誰を狙ったことだと思います？」

「会社じゃないんですか？　ここができるまで、すったもんだあったって聞いてますから」

「いえ、誰を、ということです。個人を狙ったとしたら？」

「ええ――……」

　苦しそうに佐智子はうなる。

「気分悪いですか？　立川くん、お茶差し上げて」

「あ、はい」

ポットに入っているお茶を紙コップに注《つ》いで差し出すと、佐智子は起き上がって一口飲んだ。

「お客さんを狙うにしても、あまりに漠然《ばくぜん》としていて……」

飲みながら、彼女は話しだした。

「いえ、もっと特定した人はどうですか？」

「特定した人？」

「例えば、佐伯さんとか、あなたとか……」

「どうしてあたしが……」

佐智子はそう言って、大きなため息をついた。

「針が入れられなかった火曜と木曜は、友井さんもしかして、お仕事を休んだりしていませんでしたか？」

彼女の顔色が、みるみる悪くなる。

「そんなまさか……」

佐智子が持つ紙コップが、ぶるぶると震えだした。

「心当たりがあったら、言ってください」

「……はい……」

「おうち、近くでしたよね？　お送りしましょうか？」

「いいえ、大丈夫です……」

「そうですか。ほんとに？」

「はい、主人に迎えに来てもらいます……」

「じゃあ、また明日――」

ぶたぶたと立川は控え室を出て、そのまま署に戻った。と言っても、ぶたぶたは紙袋に入れられてだが。

署では、きれいになったぶたぶたが大評判だった。他の課からものぞきにやってくる。べたべた触られるので、また汚れてしまう、と気が気でない。

「乾燥機はいいけど、脱水機は苦手だなあ」

「でも、脱水しないと乾きが悪いですよ」

女の子とそんな話をしていて、何だか楽しそうだが、報告しなければいけないことがある。

「友井さん、言ったとおりに針が入れられなかった火曜日と木曜日、休んでましたよ」

「あ、そう」

「正確には休んだのは一日。あとは半休が一回です」

「ふーん……やっぱりねえ……」

ぶたぶたが、防犯カメラのビデオをながめつつ、つぶやく。鼻をぷにぷに押しながら。

「明日は水曜日ですけど、張り込みますか？」

「うん、まあ一応。でも、犯人は明日来ないと思うんだよね」

「そうですか？　どうして？」

「いや、何となく」

そう言って、ぶたぶたはにこっと笑った。


次の日も何事も起こらずに、閉店時間を迎えた。昨日とほとんど同じような一日だった。

一つ違っていたのは、友井佐智子が休んだ、ということだ。

「ぶたぶたさん、昨日言ってましたよね。『明日は犯人が来ない』って」

署に帰って、ぶたぶたを紙袋から出すなり、立川は言った。

「うん」

「どういうことなんですか？」

まさか、佐智子が犯人だというのか？　確かに売場の人間だから、入れることはたやすいし、怪しまれることも少ない。しかし、動機は何だろう。ぶたぶたが言っていたように、個人的な恨みか？　佐伯と佐智子に、何か我々の知らない関係があるというのか――。

「友井さんが犯人だと思うの？」

「いえ……そうなんですか？」

口ごもりながらたずねてみるが――。

「友井さんは、本当に具合が悪くて休んだの。明日には出てくるって言ってた。赤ちゃんいるからね、大事をとらなきゃ。いくら忙しくてもさ」

「ぶたぶたさん……犯人わかってるんですか？」

「いや、まだわかんない」

ほんとか!?

「それより立川くん、頼みがあるんだけど」

「何ですか？」

「明日、例のコインランドリーへ、昨日と同じくらいの時刻に行って見張っててほしいんだ」

「え、どうしてですか」

「行ってみて、報告してくれればいいから。見るだけでいいんだよ。それから、明日君は売場に出なくていいからね」

「それもどうしてなんですか!?」

万引きばっか捕まえてるのがそんなにいけないのだろうか。

「いいから、言われたとおりにしなさい」

ぶたぶたは、鼻をぷにぷに押しながら、そう言った。

5

次の日の朝、立川は言われたとおりにコインランドリーを車の中から見張っていた。

時刻は八時半ちょっと過ぎ——駅に向かう人の波は途切れないが、コインランドリーに入る人はほとんどいない。一人、外国人の男が洗濯機をかけて、そのままどこかへ行ってしまった。それだけだ。

あまりにも何も起こらないので、こんなことだったらシーツでも洗っていればよかったと思う。どれくらい早く乾くのか、確かめてみたいものだ。

変化が起こったのは、九時を過ぎてからだった。

おとといもここにいた女性が、同じトートバッグを持ってコインランドリーに入っていった。バッグの中から、濡れた洗濯物を取り出し、乾燥機に入れる。まもなく、大きな音を立てて、ドラムが回り出した。そして、店内にある椅子《いす》に座る。うつむいているようだが、雑誌でも読んでいるのだろうか。横顔は、ぼんやりと生気がなかった。一人きりの時は、いつもこんな顔をしているのだろうか——。

その時立川は、コインランドリーの中ではなく、外側に立っている人間に気がついた。向かい側にある電柱の陰に立って、中をうかがっているのは――友井佐智子だ。ぽつんと座っている女性を、険《けわ》しい形相《ぎょうそう》で見つめている。頬《ほお》が朱に染まっているのは、怒っているからなのだろうか。

でも、なぜ？　彼女と佐智子は知り合いなのか？　彼女は気づいていないようだが――。

立ち尽くした佐智子が無言で彼女を見つめて、二十分くらいが経過しただろうか。九時半を過ぎて、彼女はようやく椅子から立ち上がった。乾燥機の中から乾いた洗濯物を取り出し、この間のようにバッグに詰め、コインランドリーを出る。佐智子は、彼女が出てくると同時に背を向けた。彼女は、最後まで佐智子には気づかなかったようだ。もと来た道を、ゆっくり帰っていく。

不思議なことに、佐智子はその背に、笑《え》みを投げかけた。針で刺された痛みのように、ほんの一瞬だけだったが。

そして、出勤のために、駅の方へと歩き出した。

ぶたぶたが見張っている棚の脇《わき》には、倉庫のドアがある。

「君はここに隠れてなさい。ドアを細く開けて、一応見張ってて」

「何も見えませんよ」

あまりにも視野が狭い。

「いざとなったら呼ぶから。そこにいなさい」

「わかりました……」

立川は、大きな身体《からだ》を縮こまらせて、倉庫の中に入り込んだ。

午前中は何事もなく過ぎたが、とてもゆっくり時間が流れたような気がする。倉庫に人が入ってくるたびに、身体をぴったり壁につけ、邪魔にならないように、外から見えないように、と気を遣い続けた。店員を装ってはいけないだけでなく、とにかく店内にいてはいけないと言うのだ。何でだ？

が、午後になってすぐに、ぶたぶたから声がかかる。

「立川くん。あの人、コインランドリーにいた人？」

ドアをもう少し開けて、店内をうかがう。キャラクター商品のコーナーに、子供連れの女性がいた。それは、確かにコインランドリーでおといと今朝見かけた女性であったが
――。

「子供が違いますよ」

この間連れていた子供は、ベビーカーに乗せられていた。今日は、四つか五つくらいの子供だ。兄弟を別々に連れてきているのか？

「あの子もこの間の子も、彼女の子供じゃないよ」

「え？」

そういえば、ベビーシッターって……。

「隠れて。こっちに来るから」

再びドアの陰に身を縮こまらせる。ぬいぐるみ売場には、ほとんど人影がなかった。佐智子は、こちらに背中を向けている。レジでの対応に追われていた。

女性は、ぶたぶたと立川の前を気づかずに通り過ぎる。立川の視界からすぐに消えてしまったが、中央のぬいぐるみの山の前に立ち止まったのはわかった。レジに背を向けて、ぬいぐるみを手に取り、子供に与える。子供はそれに夢中だ。はしゃいで、何か懸命に訴えている。

彼女は子供の手を握り、笑顔を向けるが、それはとてもおざなりに見えた。そして、再びぬいぐるみに向けた顔は、今朝見たのと同じに生気がなく、からからに乾ききっていた。

「立川くん、行って！」

ぶたぶたの声に立川が倉庫を飛び出す。けれど、それよりも早かったのは佐智子だ。いつの間にか女性の背後に立ち、右の手首を握っていた。その指先には、ぬいぐるみに半分刺さった銀色に光る針がある。

「あんたのこと、警察に突き出すわ」

佐智子が、震える声で彼女に言う。二人の女性は、等しく蒼白《そうはく》だったが、佐智子はかすかな笑みを浮かべていた。

「もう二度とこの店にも、主人にも近づかないで」

犯人は、友井佐智子の夫の愛人・大野由美《おおのゆみ》だった。

佐智子が、もうとうの昔に関係を絶っていると思っていた女だ。けれど、それは夫・友井の嘘《うそ》だった。二人は今でも関係を続けていた。しかも、ほぼ毎日会っていたのだ。

友井が関係を絶ったと告げたのと、由美とその夫がこの街へ引っ越してきたのは、同じ時期だった。二人は、近くに住むことで互いの配偶者の裏をかき、関係を続けていけるように図ったのだ。

由美の夫は夜勤で、毎朝十時頃に帰ってくる。友井は、出勤時間を一時間早め、自宅と駅の間のマンションに住む由美のもとへ、ウィークデイは毎日通っていたのだ。八時過ぎに友井は会社へと向かう。そのあと、由美は夫に気づかれぬよう、ベッドのシーツやタオルを洗濯し、駅前のコインランドリーで乾燥させていたのだ。

由美が佐智子の妊娠を知ったのは、二ヶ月ほど前だった。割り切った関係だと思っていたのだが、夫との間に子供ができないように気をつけていた由美には、その事実が重くのしかかった。

「あたしだって、子供が欲しかったのに……。ベビーシッターやって、我慢してて……」

由美はそう言って、取調室で泣いた。

彼女は、あの売場の責任者である佐智子を困らせたくて、ぬいぐるみに針を入れたのだ。怪しまれないよう、子供を連れている時——火曜日と木曜日、ベビーシッターの仕事の日だけにして、しかも佐智子がいない時には入れなかった。彼女の責任が問われなければ意味がない。誰かが怪我《けが》をするなどということは、考えなかった。ただひたすら、佐智子が憎かったのだ。

「ぶたぶたさん、洗った甲斐《かい》がありましたね」

「洗われ損——というか、脱水損かと思ったけどね」

書類の記載に追われて、すでにもう夜中だ。しかし、肝心の島はまだ帰ってきていなかった。現在彼は、佐藤直を説得してくれそうな知人を捜している。今日は静岡に行ったはずだ。

「それにしても、大胆というか……。針を入れたあとに、自分の連れてる子供が触ったりするかもしれないって考えなかったんでしょうか」

「そう思ってたらやらないでしょ？　まあ、普通そう思うから、子連れに甘くなってたんだよね。予断はいけないってことだよ、立川くん」

そこへ島が帰ってきた。手に大きなビニール袋を下げている。

「どうもありがとな。ほんと感謝するよ」

ぶたぶたの手を握って、頭を下げる。

「お医者さん、見つかったの？」

島は今日、直が中学の頃までかかりつけだった小児科医を訪ねたのだ。

「見つかったけど、入院してるんだよ……」

「そうか……」

島は大きなため息をついて、ビニール袋をさし出す。

「ほら、みやげだ」

「静岡みやげですか？」

「違う。静岡から買ってきて、どうしてまだあったかいんだよ」

そういえば、ほんのりと——。でも、緑茶も入っているが。

「わざわざ山手線途中下車して買ってきたんだぞ、おにぎりを」

「ええーっ」

「あっ、お前、何だその顔。コンビニのにぎりめしとおんなじだと思ってるな。ここのは違うんだよ」

「お茶いれるね」

ぶたぶたが、いそいそと給湯室に走っていく。あわてて手伝って緑茶をいれ、戻ってくると、机の上に大きなおにぎりときゅうりの漬け物が広げられていた。海苔《のり》のいい香りがする。

「みそ汁ないのが惜しいけどな」

「いいよ。充分」

ぶたぶたはにっこり笑って、さっそく一つ口に運んだ。柔らかなほっぺたが、ぷくりとふくれる。もごもご動いて、やがて飲み込み、元に戻る。何度見ても不思議だ。

「大きいですねえ」

「カウンターで、かわいい女の子が握ってくれるんだ」

島が、ちょっぴりうれしそうな顔をする。

ぶたぶたと立川は、昼も満足に食べていない。しばらく三人は、黙々とおにぎりを食べ続けた。皮がぱりぱりの唐揚げなんて具が妙に合って、なるほどコンビニとは全然違う。

正真正銘静岡みやげの緑茶も、ぶたぶたがいれるとまた格別だった。

一息つきながら、ぶたぶたが今日あった一部始終を島に話した。

「はあはあ、なるほど――。よかったな、ぶたぶたさん、刺されなくて」

「女は怖いですよね」

思わず口をはさむ。

「誰のこと？」

ぶたぶたがそう言ったので、ちょっと意外に思う。

「大野由美ですよ。それ以外に誰がいるんですか」

「友井さんかと思ったよ」

「どうして友井さんが？」

「今朝、コインランドリーで二人を見たでしょ？」

「あ、はい」

「あれ、家からずっと旦那をつけていった結果なんだよ」

……そうだったのか。

「昨日休んだ時、会社に行く時間を少し遅らせてくれって言ったんだけど、聞き入れてくれなかったんだって。迎えには来てくれたのに。おかしいと思って今朝、尾行してみたら、案の定愛人のマンションに行ってて――」

あの時、佐智子は確か、一瞬だけだが笑みを浮かべていた。

「ああ……もしかして、今朝あの場で何も言わなかったのは――」

「彼女は、どんなにひどく裏切られても、子供の父親である旦那と別れる気はなかったんだよ。それよりも、愛人が警察に捕まって、不倫が夫や親にバレて、旦那の目の前から完全に消えてくれることを望んだんだ。だからあの人、大野さんが針を出して刺すまで、ずっと後ろで見てたんだよ。『刺せ、刺せ』って顔して」

「――どっちにしろ、女は怖いじゃないですか」

大丈夫なんだろうか。そんな男が父親でいいと思うことは。

ふと桃子の父親のことを思い出す。娘の方に向き直ろうとしている妻を、彼はちゃんと見ているのだろうか。一人で取り残されなければいいけれども——。

「さっ、仕事仕事」

ぶたぶたと島が机の上を片づけだす。

「島さん、おにぎりおいしかったですよ」

立川の顔を見て、島は突然表情を変えた。

「あっ、そういえばお前、白石さんに通ってるそうだなっ」

「あー、やっと歯医者に行きましたね」

あれから、ずっと黙っていたのだ。言いたくてたまらなかったが、ぶたぶたと一緒に我慢していた。

「お前ら〜、バカにしやがって〜……」

島は、ちょっと赤い顔をしていた。

「誰にも言ってないだろうな。まさか白石先生に言ってやしないだろ？　俺、こないだ課長を紹介しちまったんだよ。こんなアホなこと、バレたら困る……」

「さあ〜、どうかなあ〜」

珍しくぶたぶたがとぼけた。

「何おごってもらおうかなあ。ほら、立川くんも考えなさい」

「ぶたぶたさん、勘弁してよ~……」

そう言いながらも、島は笑っていた。赤ちゃんが無事だということを、一番喜んでいたのは彼なのだ。そして、彼が少し元気になったことを一番喜んでいるのは、ぶたぶただった。

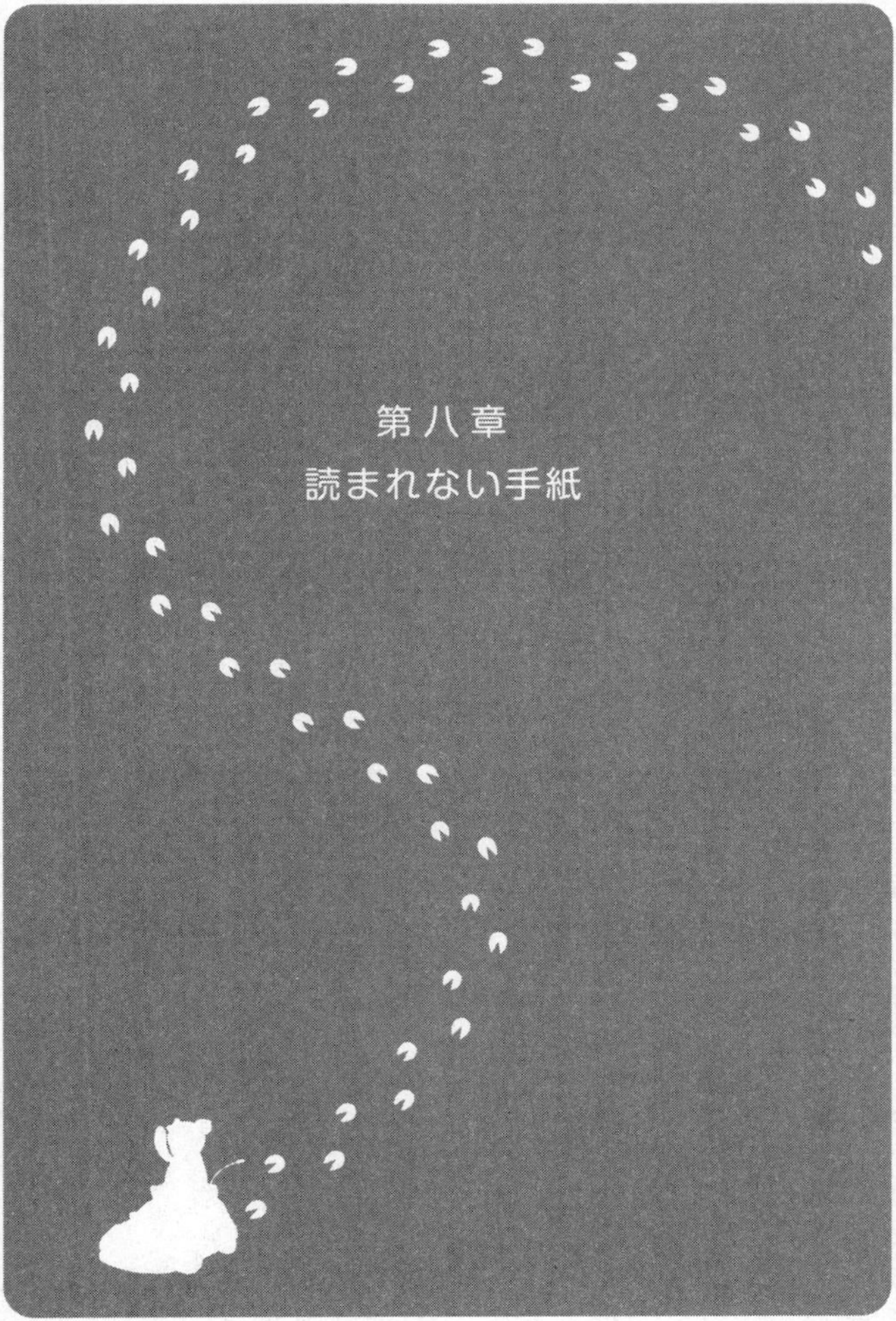

第八章
読まれない手紙

1

ぶたぶたの家は、川沿いにある。

川といっても護岸工事がされていて、今一つ風情《ふぜい》がない。しかし、水辺は水辺である。

「あ、カモだ」

カルガモが、ひなを連れて泳いでいた。ここら辺では、そう珍しくない光景だ。

ぶたぶたの家族って……あんな感じのものしか思い浮かばない。相変わらず失礼だけど。

教えてもらった住所には、十階建てのマンションがあった。初めて春日署に赴任した時よりも、緊張する。

入口のオートロックのインターホンを押すと、「はい」とぶたぶたの声がした。

「立川です」

「待って。今開けるから」

女性の声がするとばかり思っていたので、ちょっと気が抜ける。

部屋は七階だった。今度こそっ、と思って、玄関のチャイムを押す。

「開いてるから、どうぞー」

不用心な返事が返ってきた。ドアを開けると、ぶたぶたが玄関に走ってくるところだった。

「いやあ、開けさせちゃって悪いね」

「いえ、そんな——お邪魔します。これ、みなさんで食べてください」

おみやげのケーキを渡す。

「ありがとう。お、ここのケーキおいしいんだよー」

「そうなんですか？　近所で買ってきただけなんですけど……」

「シュークリーム？」

「あ、そうです。その場で作ってくれるっていうんで」

「うちの子たちが好きなんだ。祐輔くんたちも、喜ぶよ、きっと」

桃子と祐輔、ぶたぶたの子供たち、奥さんも含めて、大量に買ってきたのだが、足りるかどうか不安だ。

「あれ……奥さんやお子さんは？」

奥の居間まで通されたが、ぶたぶた以外にいる気配がない。

部屋の広さは、２ＬＤＫくらいだろうか。適度に片づき、適度な散らかりようだった。シンプルなインテリアと、大量の本。子供のおもちゃ箱と、居心地のよさそうなソファーがある。日当たりがよく、窓から川が見えた。

「区営のプールとジムに、みんなで行っちゃったよ。あ、座って」

ローテーブル——というか、ちゃぶ台を囲むように座布団が並べてあったので、そこに座る。

「もしかして、ぶたぶたさんも行く予定だったんですか？」

「ううん。毎週奥さんと子供たちは行ってるけど、僕は休みに合って、何もすることがないと行くだけ。でも、そんなにやることないから、たいてい家で夕飯作って待ってるんだけどね」

ジムでは、機械にサイズが合わないだろうに——。

立川は、ちょっぴり落胆していた。玄関を開けると、どういう顔をしているのだか知らないがとにかく奥さんが、「いらっしゃい」と迎えてくれ、まだ小さいという子供たちから、「おじちゃん、誰？」とか言われるのだ——と何度も想像していたので。子供はやっぱり、ぶたぶたに似ているのだろうか、そりゃあかわいいだろう、とか。

「……何だかいい匂《にお》いしますね」

「もう夕飯はできてるの。ミートソース。今朝から作ってたんだ。食べてってよ」

台所のコンロの上に、どでかい寸胴鍋《ずんどうなべ》があった。匂いの元はあれだ。

夕飯をいただけるのか。ならば、ご家族に会えるチャンスが——！

胸膨《ふく》らませていると、インターホンが鳴る。

「桃子ちゃんたちですか？」

「うん」

　ぶたぶたが一階のドアを開けてしばらくすると、玄関の外が急に騒々しくなり、やがてチャイムが鳴った。

「こんにちはー！」

　外から声まで聞こえる。ぶたぶたが玄関を開けると、桃子と祐輔が飛び込んできた。

「おみやげー！」

　というより、自分たちの食い扶持《ぶち》のお菓子を持ってきた二人は、はしゃぎながら山崎家へ上がり込む。

「ここがぶたぶたの家かーっ」

「うわー、普通の家みたーい」

　何だか失礼なことを感心している。どんな家だと思ってたんだろうか。人のことは言えないが。

「ぶたぶたさん、何だかきれい……」

「こないだ洗ったんだよ」

「お腹《なか》のあとが消えてる！」

　しかし調子づいていじくり倒したら、また汚れるではないか。

「そんな汚い手で触らない触らない。ただ遊びに来ただけじゃないんだろ？」

立川のいじわるな言葉に、桃子はとたんに暗くなる。何も悩みのない祐輔は、一つも応《こた》えず、はしゃぎ続けていた。

「いいわよねえ、あんたは……」

桃子はそう言って、大げさにため息をつく。

「さあ、座って座って。シュークリーム食べる?」

「食べる!」

「じゃあ、立川くん、シュークリームをお皿に並べて。子供たちは、小皿とカップを持っていくこと」

ぶたぶたは、紅茶をいれている。テーブルの上と床、調理台を、椅子《いす》を使って上手に移動していた。子供たちは、その姿をぽかんと見ている。

シュークリームはぶたぶたの言ったとおり、とても好評だった。もっと食べようとする祐輔たちの手を、ぶたぶたの子供たちのために払いのけねばならないくらいである。

おいしいおやつを食べたら、桃子の機嫌も少しよくなった。お茶を飲んで落ち着いたらしく、ようやく自分から本題を話しだす。

「まず、この間……茜を連れ出した時のこと、ごめんなさい。すみませんでした」

そう言って、ぺこりと頭を下げた。

「それで……ぶたぶたに、ちょっと相談があるの……」

「何？」

「ママとのことなんだけど……。この間は茜を連れ出したことを怒られて、それには謝ったけど、他の話は何もできなかったの。ちゃんとママと、今までのこと話がしたい……どうママに話せばいいかな……？」

墓穴《ぼけつ》を掘ったわりには、いたって真面目《まじめ》な顔をしている。腹をくったのだろう。きっかけが欲しかっただけなのかもしれない。

「この間の公園では、話せないって言ってたのに、どうして今は話そうとしてるんだろう？」

ぶたぶたがたずねる。桃子はしばらく考えたのち、こう言った。

「ママは、今まですごく忙しくて、あたしが何か悪いことをしても、ちゃんと叱《しか》ってくれなかったの。叱るっていうか、怒るって疲れるもんね。ママはいつも疲れてたから、もっと疲れるのは嫌《や》なんだと思ってたのね。

茜を産んでから、仕事は辞めたけど、あたしにはママが、前よりも忙しくなったように見えたの。よく考えたら、仕事してた時のママって、いつも疲れてるとこしかあたし見てないんだよ。忙しいって言っても、何して忙しいんだかわかんないじゃない？　でも今は、茜におっぱいあげたり、おむつ換えたり、ごはん作ったり買い物したりって、何して忙しいのかすごいよくわかる。あたしが学校に行ってる間はわかんないけど、やっぱ忙しいと思うんだよ。でも、あんまり疲れてるみたいには見えないの。

だから、あたしを叱ったのかなあって——。それなら、話しても聞いてくれるかもって思ったんだよ。だって、叱ってくれなかった時は、やっぱ話、聞いてくれなかったんだもん。それなら、疲れてない今のうちに話すしかないって思って——」

つっかえながらも、桃子は一気に語った。

「そういうことをそのまんま言えばいいんじゃないの？」

「ぶたぶた……簡単に言わないでよ、そんなこと……」

ふっとため息をついて、生意気な口を叩《たた》く。

「一番の問題はね」

突然祐輔が口をはさんだ。とたんに桃子があわてる。

「やめてよ、祐輔っ」

「桃子が一人で話しだす勇気がないってことなんだよ」

桃子は反論しない。情けない顔をしている。気が強そうに見えて、実は意気地なしだということがわかった。

「それじゃダメじゃん」

桃子が立川をぎろりとにらみつける。

「つまりなにか？　話す時、俺たちに付き添って欲しいってことなのか？」

桃子は、にらんでいた目をすっとはずし、

「ま、そういうことよ」

今さら気取っても遅いと思うのだが。

「祐輔くんに協力してもらった作文ってどうしたの？」

ぶたぶたが言う。

「あれ、見つかんないの……。捨てたんだと思う」

「じゃあ、ああいうのをもう一度書いてみるっていうのはどうかな？」

「もう一度って、ラパゥランドのことを？」

「そうじゃないよ。あれは結局、どんなことを考えて書いた作文だったの？」

桃子は、また考えだしてしまう。

祐輔は、おとなしく一緒に座って話を聞いていた。よくもまあ、この素直な子が桃子の面倒を見ていると思う。この子がいれば、大人の手助けなんて、いらないんじゃないだろうか。そのうち二人で解決策を見つけて、自分たちで何とかしてしまいそうな気がする。

「……あそこじゃなくてもいいから、どこかに一緒に行きたかったの」

長々考えて、桃子はとてもシンプルな答えを出した。

「じゃあ、『どうして私はラパゥランドに行きたかったか』って作文——っていうか、手紙だね。それを書いてみたら？」

「茜のことは、どう言えばいいの……？」

桃子は、泣きそうな顔になってきていた。

「物事は、ちゃんと順序立てて考えなくちゃいけないよ。とにかくそれだけでも書いてごらん。書くと気持ちが整理されてくるから、もっと言いたいことが自分でわかってくると思うよ」

ぶたぶたが、本棚の引き出しから、レポート用紙を取り出し、桃子に渡す。彼女は、渋々鉛筆を取り、手紙を書き始めた。が、すぐに顔を上げる。

「見てちゃ書けない」

ぶっきらぼうに要求するので、他の三人は台所のテーブルに移動する。

川からの風に吹かれて、桃子は真剣に鉛筆を動かしている。一番いい場所を譲ってやったんだから。きっといいものが書ける。

しかし、あんまり楽しそうにしていると暴れだしそうなので、声を潜《ひそ》めておしゃべりをする。

「もしよかったら、祐輔くんも夕ごはんを食べてってね」

「えっ、いいの!?」

祐輔の顔が、うれしそうに輝いた。台所を見渡すが、寸胴にはそれほど関心を示さない。

窓を開けているので香りも飛んだのか、彼には夕食の正体が判断できないらしい。

「何かなあ——」

「何が好きなの?」

「スパゲティミートソース!」

大人二人で、笑いをこらえる、あまりにも幸せそうなので。

「えっ、えっそうなの? そうなの!?」

やはり子供なのだ。この子は家庭に恵まれ、文字どおり何不自由なく、まっすぐ育っている。桃子にとって、この子の存在は救いだろうが、彼しかいなかったら、果たして一人で彼女を支えられるだろうか。今は本当に子供だから、何もしなくても疑問を持たないが、もう少したつと、自分が何かしてあげなくてはならないと感じるかもしれない。その時に桃子が、抱えているものをそっくり彼に渡したらどうなるか——共倒れになってしまうかもしれない。

そうならないように、今のこの子供のうちに、少し軽くしておかなくてはいけないのだろう。そばに、わかっている大人がいるのであれば、ちょっとぐらい手伝った方がいい。

できたらこんな友だちが、どんな形になってもいいからそばにいると、きっと幸せだ。壊れないように、大事にしないと。

「ぶたぶたさん、何なの? 教えてよー。立川さんも知ってるんでしょー?」

「うるさいなあ！」

ひどくぶすたれた顔で、桃子が声を張り上げた。祐輔はあわてて口をおさえたが、まだくすくす笑っている。

「それはそうと、書けたか？」

また立川をすごい目でにらみつける。

「まだ。もうちょっと待ってよ」

桃子は、文豪のようにレポート用紙を丸めて、ぽいっと後ろに投げ捨てた。

「ぶたぶたさんって、ここに一人で住んでるの？」

夕食の正体をあきらめたのか、祐輔が自ら話題を変える。

「まさか。ちゃんと奥さんと子供がいるよ」

「ええっ⁉　ぬいぐるみ⁉」

桃子をうかがうが、今度は没頭しているらしく、顔も上げない。それにしても、何てストレートな反応だ。

「夕食の席で紹介するからね」

ぶたぶたは、期待を持たせる返事をする。ますます想像が膨らむではないか。

祐輔は不満そうだったが、一応納得したようだ。

「そうだ。立川さん、まだぬいぐるみ買っちゃダメなの？」

「いや、もう大丈夫だよ」

「赤ちゃんはまだなんだよね？」

一瞬、友井佐智子のことかと思ったが、そうではなく鈴木家のことだ。

「あー……うん。そうなんだよ」

「かわいそう——っていうかさ、赤ちゃんだと、『帰りたい』って思っても言えないのがつらいよね。言えば帰してくれるかどうかはわかんないけど」

多分、帰してくれるだろう。それが一番、丸く収まるだろうに——。

「ぬいぐるみ買う時、友井さんって女の人に相談してみなよ。きっといいの選んでくれるよ」

「友井さんね。わかった」

ぶたぶたが、鼻をぷにぷに押していた。

三十分ほどたったろうか。ようやく桃子が鉛筆を置いた。

「全部書けなかったよ……まだ途中なの。でも、とりあえずここまで言えればいいかなって」

ちゃぶ台に広げられたレポート用紙に、三人で群がる。とても女の子のものとは思えないダイナミックな文字が、レポート用紙にびっしりと書かれていた。祐輔が読み上げる。

桃子の手紙には、小さい頃からの淋しい気持ちが綴《つづ》られていた。彼女は、あの作文だけではなく、いくつも母親や父親にあてた手紙や作文、時には童話なども書いたのだが、一つも見せずに捨てていたそうだ。『ラパゥランドへ行って』は、初めて見せようと決心をしたものだったという。褒《ほ》めてもらいたくて、祐輔に先生のコメントも頼んだ。でも、結局誰も見てくれなかったのだ。彼女の作文をちゃんと読んだのは、祐輔だけだった。

茜のことを書こうとして、何度も何度も消しゴムで消したあとがあった。でもとうとうまともに書くことができず、残ったのはこんな言葉だった。

わたしは、ママから、『おねえちゃんになるよ』と言ってもらいたかった。

「充分じゃないかな、これで」

「ほんと？」

ぶたぶたのお墨付《すみつき》をもらって、桃子の顔にようやく笑顔が戻ってきた。

「これを、お母さんに読んであげればいいよ」

「うん」

お、多少、勇気が出てきたか、と思ったが、

「みんなついてきてくれるよね」

当然のように言う。

「手紙書けたんだから、一人でもう平気だろう？」

「立川さんって、あたしの繊細《せんさい》な気持ちをちっとも理解しないよねっ」

桃子はぷんぷんに膨れている。

「でも僕も、一人で話した方がいいと思うなあ」

「そんなあ、ぶたぶたがそんなこと言うなんて……」

桃子はショックを受けたようだ。ぶつぶつ何かを訴えていたが、よく聞こえない。

「うー、じゃあ……渡すだけにしようかなあ……」

「うん、それでもいいんじゃないかな。気持ちをわかってもらうことが大切だからね」

しかし、今自分が出したばかりの提案に、一番納得していないのが、桃子自身のようだった。しばらく、うなりながら身体をくねくねさせたのち、

「やっぱ直接話したい……。渡すだけじゃ、返事を聞くのが怖くなりそう……」

他のことには強気だが、どうも自分のことになると意気地なしであるようだ。

「せめてぶたぶただけでも来てよ」

「僕が行ったってしょうがないよ。お母さん、知らないんだから。立川くんは？」

「えぇー……」

何だその反応は。

「ぶたぶたさんだけ行っても、おばさんは桃子一人しかいないと思うよ」

祐輔の何気ないひとことに、桃子の眉《まゆ》がぴくりと上がる。

「何、祐輔？」

「え？　だからさ、ぶたぶたさんだけ桃子についてっても、おばさんはぬいぐるみがいるなあって——」

「それだ！」

いきなり叫んだので、祐輔はびっくりして椅子から飛び上がった。

「お願い、ぶたぶた！　あたしの手紙をかわりに読んで！」

桃子がぶたぶたの手をとって、レポート用紙を押しつける。

「ええっ。それじゃだめだよ」

「ううん、それはあたしが読んでることになるんだよ」

「は？」

「腹話術だよ！　祐輔、あんたやってたじゃん！」

三人ともいきなり合点《がてん》がいって、同時に顔を見合わせる。

「ぶたぶたさんに読ませて、桃子は後ろに立ってるだけ？」

「まあ……そうなるかなー」

「だめっ、そんなの絶対！」

立川と祐輔が声を合わせて反対する。

「だってそれなら、ママはあたしが読んでると思うじゃないよー」

「声が全然違うじゃないか。無理がありすぎるよ。ねえ、ぶたぶたさん？」

「出るかなあ……」

ぶたぶたは咳払《せきばら》いののち、耳の先から声を出す。

「あたし、桃子よ。お母さん、手紙書いたの。読むわ」

……ちょっとオカマのようである。

「お母さんじゃなくて、ママだよ」

「あ、そうか」

「ぶたぶたさん、やんなくていいんですよ」

そんなの、許すわけにはいかない。

ぶたぶたは、再度咳払いをして、桃子の方に向き直る。

「変に凝《こ》らなくてもいいんだよ。ただ正直に話せばいいだけなんだから――」

「だって……」

半べそ状態である。

「そのために、これを書いたんでしょ？　できないことなんてないよ」

ぶたぶたが、優《やさ》しく諭《さと》す。

「でも……」

「何でできないの？」

祐輔の、これもまた何気ないひとことに、桃子はついに逆ギレする。

「できないって言ってるでしょ！」

しかし、そのまま床にくずおれる。

「今までやってなかったんだから、いきなりできないよー……！」

ぺたんと座り込み、今にも手放しで泣きだしそうだった。

「ぶたぶたぁ……お願いだよ。一緒に来てよ。一生のお願い……このとおりよー」

桃子はぶたぶたを拝み始めた。土下座でもしそうな勢いだった。

「お願い、あたしは弱虫なの……こんなこと、したことないんだよー……」

泣きながら懇願《こんがん》する桃子を前に、三人は途方に暮れる。

2

結局、三人とも桃子についていくことになった。

彼女の立てた作戦はこうだ。

「うちにあたしと祐輔と立川さんとで行って、ぶたぶたはバッグの中だよ。多分立川さんに、『お茶でもどうですか?』とか言うから、お茶ごちそうになって。で、今の時間だと、ママはごはんの支度を始める頃だと思うのね。だから、あたしとぶたぶたは台所でママに話す。立川さんと祐輔は、居間で茜を見てるんだよ」

もういいようにこき使われているが、この際乗りかかった船だ。早く終わらせて、ぶたぶたの家でごはんをごちそうになりたい。それは祐輔も同じはずだ。

家に入る前に、桃子はぶたぶたを自分のバッグに押し込める。

「あーあ、そんなことすると、ぶたぶたさん、窒息《ちっそく》しちゃうぞ」

「えっ、嘘《うそ》!?」

桃子があわててバッグの口を広げる。

「立川くん、あんまり脅《おど》かさないの」

首だけ出して、ぶたぶたがたしなめる。

桃子の母は、先日のこともあり、とても恐縮して立川を迎えた。

「様子を見に伺《うかが》っただけです。非番ですので――」

「ちょっとお茶でもいかがですか?　お礼も満足に申し上げてませんし――」

彼女の反応が予想どおりだったので、少し申し訳ない気分になる。

お茶は、立川の分だけ。祐輔はジュース。バッグできゅうくつな思いをしているぶたぶたには申し訳ない。

母親は、ひとしきり先日のことを謝罪する。桃子の頭を下げさせ、「反省させます」と約束した。本当だったら、ぶたぶたこそ感謝されなくちゃいけないのに——。

そっとのぞくと、ぶたぶたはとてもほっそりとしてバッグの中に納まっていた。

「あの、お夕飯ご一緒にいかがですか？　今、支度しますんで——」

「あ、いえ、そんなお構いなく——」

台所へ消えていく母親の背中に、そんな言葉をかけると、三人で顔を見合わせる。茜はベビー布団の上で、「ぶー」とか「だー」とか言いながら、元気よく手足を動かしていた。今のところ、泣く気配はない。急いでバッグからぶたぶたを出した。

「ああ、きつかった」

「ぶたぶたさん、お茶飲みますか？」

「そんなヒマないよ。ぶたぶた、はい、これ」

桃子が手紙をぶたぶたに渡す。

「お茶くらい、いいじゃん……」

立川と祐輔の抗議を、桃子はきつい目で黙らせる。ぶたぶたは文句も言わずに、広げた手紙を神妙な顔つきでながめていた。

桃子は、そんなぶたぶたを左手に乗せ、ご丁寧《ていねい》にスカーフでしっぽのあたりから二の腕まで隠した。

「あたしが、『ママ、聞いてて』って言ったら、このとおりに読んでくれればいいからね」

「こういう声で？」

やはりちょっとオカマっぽい声を、ぶたぶたが出す。

「何でもいいよ。だって腹話術なんだから」

「動くのはいいんでしょ？」

「うん、普通でいいよ、落っこちなければ。早く早く、茜の機嫌のいいうちにやらないと――」

二人は慌《あわ》ただしく台所へ向かう。といっても、リビングとくっついてはいるので、見えないこともないのであった。立川と祐輔は、目を離さないために、茜の布団をちょっと移動させる。二人で床に這《は》いつくばるようにして、台所での話に耳をすます。

シンクの前で、桃子の母親は忙しく立ち働いていた。テーブルの上には、簡単につまめるものと、ビールのグラスが置いてある。立川に出すつもりなんだろうか。

「桃ちゃん、手伝って――」

と言いながら振り向いた時、母親は一瞬固まってしまう。桃子の顔はここから見えないが、かなり緊張しているはずだから、それに驚いたのかもしれない。

「ママ……」

声もうわずっている。

「何？　どうしたの、そのぶたさん」

「かわいいでしょ？」

ちょっとだけ前に差し出す。ぶたぶたは、しっかりと手紙を広げていた。母親の顔に、笑みが広がる。

「ママ、あたし、腹話術ができるんだよ」

「そうなの？」

意外そうに目を見開く。初耳に違いない。それもこんなに突然。

「今から、この子が手紙を読みます」

「手紙？」

「うん」

母親はコンロの火を消し、娘とちゃんと向かい合った。

「ママ、黙って聞いててね」

それが合図のはずだった。普通でも作っても、どっちにしろ女の子とは思えない声で、ぶたぶたが手紙を読み始めるはず——だったのだが、そこには沈黙しか流れない。憶《おぼ》える必要はない。ぶたぶたは、ただ読むだけなのだ。なのに、ぶたぶたの声は聞こえない。

桃子の背中が緊張しているのがわかった。母親も怪訝《けげん》な顔をしている。

　ここからかろうじて見えるのは、ぶたぶたが手紙を持っている手先だけだ。手紙は、ほんの少し震えていた。でもその震えは、ぶたぶたのものなのか桃子のものなのかはわからない。ただ手紙を握るぶたぶたの手に力が入っていることは確かだ。紙に、わずかなしわが寄っていた。

　母親が、ゆっくり桃子に近寄った。ぶたぶたの手から、手紙を抜き取ると、さきほど桃子が必死に綴った文字を目で追い始めた。

　桃子は声なき悲鳴をあげて、両手を前に差し出したが、そのまま立ち尽くすだけだった。真っ赤な顔で、母親の横顔を食い入るように見つめながら。

　ぶたぶたは、当然床に落ちている。しかし頭上の様子をうかがいつつ、静かに匍匐《ほふく》前進をして、立川たちのところへ戻ってきた。そして小さな声で、「撤収《てっしゅう》！」と言う。

　しばらくして、母親が顔を上げ、娘を見た。

「桃ちゃん……ごめんね……」

「おばさん、僕たち帰るね！　また来るね！」

　居間の方から、祐輔が大声を出した。立川もぶたぶたを抱えたまま、

「奥さん、お茶ごちそうさまでした。ご主人にもよろしくお伝えください。失礼します！」

　とわざとらしく言う。三人はそそくさと玄関に走り、さっさと村松家をあとにした。

「あれでちゃんと話せると思います？」

三人は、ぶたぶたの家へ向かっていた。ちょっと遠いが、散歩がてら、畑の間をゆるゆる歩く。立川はようやくぶたぶた夫人に会える期待、祐輔はミートソースへの期待に胸膨らませて。

「まあ、お母さんが手紙を読んだんだし、あのお母さんは桃子ちゃんとうまくやってこうって努力をしてるみたいだから、何とかなるんじゃないかな」

「何だ、結局目の前でおばさんに手紙読んでもらえばよかっただけじゃん」

祐輔があきれたように言う。が、

「でも、それも怖がりそうだね、桃子じゃ」

すぐに納得する。

「一番いい形になったんじゃないですか？」

「うーん、偶然だけどね」

「えっ、わざとじゃないんですか？」

てっきり読まないで桃子を焦《じ》らしているのかと。

「違うよ。一応読もうとしてたけど、字が汚くて読めなかったんだよ」

立川は、野生動物が記したような桃子の文字を思い出した。確かに汚い。

「でも、書いた時は読んだでしょ？」

「あれは、祐輔くんが声出して読んだんじゃないか」

「あ、そうか」

文字に対する感覚が優《すぐ》れているのか、それとも単に見慣れているのか、祐輔には読めたが、ぶたぶたや立川には難解すぎたのだ。

「改めて見て、読めないほど汚かったんで、どうしようかと思ったんだから」

立川は、後ろから見ていたぶたぶたの手先を思い出して、くすくす笑った。そうか、だからか。

「それを、よくお母さんは読めましたね」

「あー、そうだね。やっぱり親子なのかなあ」

感心したようにぶたぶたが言う。

「あれは、お父さんは読めますかね？」

「お父さんかあ……うーん……」

「母と娘が変わったら、父親も変わりますか？」

ずっと気になっているのだ。

「変わって欲しいよね」

「変わるよ、きっと」

祐輔が、やけに確信に満ちた声を出す。

「どうして？」

「おばさん、桃子がやったこと、全部知ってたもん。僕に訊《き》いたりしたんだよ。お父さんはちゃんと話をしてるんだよ」

あの、「黙っててあげる」と言った父親が。

「じゃあ、きっと読めるね」

ぶたぶたはにっこりうなずく。

「もしお父さんが桃子の手紙を読めなかったら、僕が字をきれいにしてやるよ」

「それは頼もしい」

バス通りが見えてきた。

「ごはんの支度があるから、バスに乗って帰ろうかなあ。立川くん、どうする？」

バス停留所のすぐ前に、コンビニ兼酒屋があった。

「あ、ぶたぶたさん、僕、ワイン買ってこうと思ってるんですけど」

「ええー、そんないいよ」

手をぶんぶん振って遠慮をするが――。

「ワインはあんまり飲みませんか？」

「ううん、奥さんは特に好き」

「じゃあ、ぜひ！」

ぶたぶたは照れ笑いをする。実はのんべだというのを、だいぶ前に諏訪から聞いたのだ。

バスが見えてきた。

「じゃあ、僕はあれに乗るよ。祐輔くんは一緒に行く？」

「ううん、僕もおみやげを買う。ぶたぶたさんの子供に」

「持ってきたじゃないか」

「あれは、桃子持ちだったんだもん。僕だったらアイスを買うね」

バスが止まったが、乗ったのはぶたぶただけだった。

「じゃあ、先に行ってるからね」

手を振るぶたぶたを乗せて、バスは走り去った。

コンビニで、ワインを選ぶ。ミートソースだし、赤の方がいいだろう。名前を聞きかじったことしかない奮発《ふんぱつ》した銘柄と、以前飲んでおいしかった手頃な赤ワインをカゴに入れる。

祐輔は、アイスのケースを開けっ放しにして財布の中身を探っていた。

「だめだよ、閉めてから考えなさい」

「何をどう買おうか考えてたんだよ」

と、ガラスの上から棒アイスの数を数えている。

「大きいのを買って、みんなで分ければ？」

「あっそうか」

再びケースを開けたはいいが、絶望的な顔で立川を見上げる。

「お金が足りない……」

「いいよ、買ってあげるから」

最初からそのつもりでいたけど。

「ありがとう。じゃ、ハーゲンダッツにして」

「——どうしてそう態度を豹変《ひょうへん》させるんだよ」

「だって、どうせならおいしいアイスが食べたいじゃん」

「俺は国産の方が好きだ」

二人ですったもんだしたあげく、結局ハーゲンダッツを買わされる。

ようやくみやげも揃《そろ》い、あとはぶたぶたの家へ行くだけである。

「ここら辺に祐輔くんちもあるんだろ？」

「うん。すぐ近所。ここらはじいちゃんの散歩コースなんだ——あっ！」

突然、祐輔が立ち止まった。

「どうした？」

「立川さん、今何時!?」

「今？　五時だけど――」

頭上で、〝夕焼け小焼け〟が流れ出した。

「ああああっ、電話しなくちゃ！」

祐輔は、異様に焦《あせ》っていた。電話を必死に探している。

「携帯、貸してやろうか？」

「うんっ、でも、どう使うの!?」

「メモリーに入ってるから――」

立川が徳田家の電話番号を呼び出そうとした時。

「祐輔！」

鋭い一喝《いっかつ》が聞こえた。祐輔は飛び上がって振り向く。

「じいちゃん……」

絵に描いたような日本男児が立っていた。今時珍しい着流しを粋《いき》に着こなし、真っ白な頭を丁寧に撫《な》でつけていた。白いひげも決まっている。そんな頑固《がんこ》親父――ではなくて紳士が、祐輔をじっと見つめていた。

おう、テレビのまんまだ、と立川は思う。でも、実物の方が迫力がある。祐輔が怯《おび》えているせいかもしれないが。

「祐輔、どこへ行くつもりだ。もう家に帰る時間だぞ」

そう言って、宙を指さす。どうも〝夕焼け小焼け〟のことを言っているらしい。

「ええと、あの……じいちゃん……」

さっきアイスケースから顔を上げた時よりも、絶望的な表情をしている。

「あ、あのー……」

立川は、おそるおそる声をかけた。

「私、春日署の立川と申す者ですが――」

「何⁉ 警察の方⁉ この子が何かしましたか⁉」

さらに険《けわ》しい顔になる。牙《きば》が出るんじゃないかと思うほど。

「い、いえ、悪いことは何もしてません。間接的にですが、捜査に協力していただいたので、そのお礼に、うちの上司が食事に招待したいと――」

「今夜ですか？」

「はい」

「そうですか。それはありがたい。しかし、お母さんに許可は取ったのか？ 祐輔？」

祐輔は黙ったままだ。だから、あんなに焦って電話をしようとしていたのか。

「いつも言っているだろう？ 五時までに帰れぬのであれば電話をして、きちんと許可を取る。きまりを守れないのであれば、何事も許すわけにはいかないと」

「ええー、そんなあ……！」

祐輔は、もうべそをかいている。

「その上司の方には申し訳ありませんが、またの機会ということで——お断りしなさい、祐輔」

「じいちゃん、お願い、今夜だけ！　お願いだよー」

「だめだ。例外はなし」

きっぱり。祐輔はついに泣きだした。しかし、気の毒だが、この人は相当頑固なようだった。周りが振り向くほど孫が泣き叫んでも、まったく動じない。立川が見かねて許してくれるよう頼んだが、

「筋を通さない祐輔が悪い。いけません」

の一点張りである。

ついに祐輔は、ひきずられるようにしてその場から連れ去られそうになってしまう。

「よろしくお伝えください」

そう言って、ぴしっとお辞儀をされたら、帰さないわけにはいかないではないか。

「立川さああん！」

だって、頼んでも聞いてくれないんだから……。

祐輔は、やけくそになったのか、突然叫んだ。

「じゃあじいちゃん、この人をうちのごはんに呼んでよ。この人、じいちゃんのファンだ

って言ってたよ！」

俺を道連れにするつもりか!? それに、そんなこと、ひとことも言ってないぞっ。テレビで見たって言っただけじゃないか。

「そんなこと、あるわけなかろう。こんな若い方が、じいちゃんを知るはずない。そうでしょう？」

「いえ、存じてますよ」

知らないなら「知らない」と言えたが、そんなことに嘘をつく必要もないので、一応正直に答える。

「NHKのBSに出てらっしゃったのを拝見しました」

「ほお――それはそれは。何とお珍しい」

破顔一笑《はがんいっしょう》。祐輔によく似た顔になった。

「親戚《しんせき》や関係者以外で『テレビを見ている』という方にお会いするのは初めてですよ」

「そうですか？」

それに免じて、ここは一つ――。

「これも何かの縁ですな。祐輔も慕《した》っているようだし――。ぜひ、うちにいらっしゃい」

え？

「……は？」

「警察関係の方も身近におりませんし、ぜひお話ししたいものです」

「あ、いえ、その……」

「立川さん、行こうよ、じいちゃんと話したいって言ってたじゃん！」

涙と鼻水でぐちゃぐちゃになりながら、祐輔は立川の腕をつかんで離さない。

「いえ、そんなあの……」

祐輔の祖父は、ぐいぐいと立川をひっぱって歩き出す。徳田家は、本当にすぐ近くだった。コンビニの裏ではないかっ。買い物する前に帰って許可とれよーっ。

「あなたも書をやられるんですか？」

玄関に入る直前の質問に、立川は笑ってごまかすしかなかった。今さら、見ていたのは彼の書道番組のあとのワイン講座であることなど、口が裂けても言えなかった。

第九章
彼女の代理人

を差し出す。

「お届け物です」

立川の目の前で、ドアが開く。

ちょっと眠そうな瞳《ひとみ》の女性が現れた。立川は、帽子を目深《まぶか》にかぶり直し、手に持った箱を差し出す。

「ハンコください」

女性は、伝票の住所に素早く目を走らせてから、認め印を差し出す。立川は、箱から手を離し、伝票に「佐藤」というハンコを押す。

「ありがとうございました」

「ごくろうさま——」

頭を下げると、ドアは閉まった。

立川は窓から彼女がこちらを見ていないことを確認すると、向かい側のアパートの一室に入っていった。

狭いワンルームには、警視庁の富樫警部と島、そしてずっとここで張り込みを続けている刑事たちが詰めていた。様々な機材が持ち込まれており、外との温度差が格段に大きい。

駅前のホテルには、鈴木夫妻も来ていた。娘の薫が、今日戻ると信じて待っている。みな、今日で決着をつけたがっているのだ。

向かいの家――佐藤直の自宅は、平屋だ。もともとは地元の画家のアトリエだったところを借りている。広いフローリングの床に一部畳を敷いたり、家具で間仕切りをして使っているらしい。窓が広く、監視がしやすい。

今日は少し薄曇りで蒸し暑く、窓は開け放たれていた。カーテンも全開。網戸が閉まっているだけだ。

薫は、窓際の風通しのよさそうな、言ってみれば昼寝に最適な場所に寝かされていた。真新しいベビー服、清潔な布団、枕元の様々なおもちゃ――それだけ見れば、誘拐された赤ちゃんとは誰も思わない。

富樫は、ちらりと窓に目を走らせた。うちわでぱたぱたあおいでいる。

「だいぶ無防備なんだな」

「はい。特に何かに警戒しているそぶりは見せていません。朝、旦那《だんな》が仕事に行って、夜帰ってくる間、彼女はあの部屋からほとんど出ません。仕事もあそこでしているようです。たまに子供を連れて買い物などに出る程度で、子供と二人きり、静かに一日を過ごしています。近所との接触は道ですれ違った時に挨拶《あいさつ》をする程度で、赤ちゃんへの特別な関心を持っている隣人もいません」

張り込みをしていた刑事が言う。動きのない、単調な毎日だったろう。何かあれば動けるが、多分何もないと、最初からわかっている張り込みなのだ。単なる観察である。

「届け物を渡した時、何か不審なそぶりは見せたか？」

島の質問に、帽子や宅配業者の上着を脱ぎ捨てながら、答える。

「いいえ、何にも。ちょっと眠そうだっただけです」

「昨夜《ゆうべ》、ちょっと夜泣きをして、彼女ほとんど寝ていないと思います」

同情するような口調だった。

立川が届けたのは、昨日鈴木理恵子が彼女――いや、彼、佐藤直に「送る」と約束していたものだった。それは、理恵子が独身の頃から大切にしていて、薫が生まれた時から、ずっと枕元に置いていたぬいぐるみ――ということになっているぶたぶたである。

適度によれていて、しかも洗いざらしなので、ちゃんと手入れをされている感じが出ているということでの抜擢《ばってき》だが、だいたい他にできる人間はいない。

どうしてこんなことになったのかと言うと――。

昨日、島と署内で顔を合わせた時、前日ぶたぶたの家で食事をし損なったことと、桃子母子《おやこ》の顛末《てんまつ》を話したのだ。そのあと、この事件の話になり、立川は祐輔の言葉をまんま引用した。

「赤ちゃんだと、『帰りたい』って思っても言えないのがつらいですよね。言えれば、多分帰してもらえるのに」

　ちょっとだけ変えてみたが。

　島が考え込んでしまったので、どうしたのだろうと思ったが――夜になっていきなり彼と富樫が捜査三係にやってきた。

「ぶたぶたさんに、頼みがある」

　あの富樫が、真剣な顔でぶたぶたと向き合っている。ピーポくんぐらいにしか思っていなかったはずなのに。

「何でしょうか?」

「ずっと説得するための人を探したり、方法を考えたりしていたが、どうしてもいい解決法が見つからなくて、鈴木さんたちにも我々にも、限界が来ている。そしておそらく、佐藤本人もそうなんだと思う」

　直自身は悪いと思っているのだ。鈴木夫妻の気持ちもわかっている。割り切ることなど最初から不可能だ。精神的に彼女は、かなり追いつめられていることだろう。あんまり長く子供を手元に置いていると、のちの裁判にも響く。

「で、近いうちに――明日には決着をつけたいと思っているんだ」

「はあ」

「この事件で最も説得に適した人から、佐藤に話してもらうことにした」

ついに交渉人《ネゴシエーター》ぶたぶたの本領発揮か!?

「それは、あの……最も適したとは――」

ぶたぶたが自分を指さそうとするのを、富樫が止める。

「ぶたぶたさん本人ではないんだ」

「は?」

「誘拐された鈴木薫ちゃん自身に、『帰りたい』と言ってもらう」

それはまさか……?

島を見ると、すっと目をそらす。

「あのう……それは私に、腹話術をしろ、ということですか?」

「まあ、そういうことだ。彼女の代理人になってもらいたい」

気まずい沈黙が、みなを包む。

「でも、それこそ無理があると思うんですが……私、腹話術下手《へた》ですよ」

というより、かわいい声が出ない、というのが問題だと思うのだが。第一ぶたぶたの腹話術って何だ? 普通はさかさではないか。

「頼むっ。変な作戦だとはわかっているが、もう我々にはこれしかないんだ! これが失敗したらもう、鈴木さんには悪いが、踏み込むだけだ。だからせめて、これだけでも試してみてから――！」

富樫が桃子のように拝み倒す。捜査本部は、相当、煮詰まっているようである。

この時点で、もうかなり準備が始まっていて、あとはぶたぶたの承諾《しょうだく》だけ、という状況だったらしい。

ということで今、ぶたぶたは直の家のどこかにいるのだ。

「……本部どうぞ……」

窓を監視する者一人を残して、全員がスピーカーの前に集まる。ぶたぶたに仕込まれたマイクからの音声だ。富樫の言ったとおりになってしまったのである。

「……まだ箱の中です……」

がさがさと梱包材《こんぽうざい》の音がする。

「窓に佐藤が見えます」

今度は壁にはりつくようにしてみなが窓の周辺に集まる。スピーカーからは、がさがさ音がし続けている。

「……開けてくれません……」

直は、赤ちゃんのすぐ脇《わき》に置いてある座卓に向かって座っていた。ノートパソコンだかワープロのふたを開けている。

やはり鈴木理恵子の名前で送ったのはいけなかったか。たとえ贈り物でも、直はプレッないシャーを感じているのかもしれない。

「部屋のどこにいるんだ、ぶたぶたさんは」

ここからはまったく見えないところに箱が置いてあるのは確かだが、こっちからはたずねることはできない。マイクは音声を飛ばすだけなのだ。第一、箱の中ではわかるはずもない。

「……今どこにいるか、わかりません……」

ぶたぶたは律儀《りちぎ》に報告をする。がさがさがずっと続いていた。

「あんまり動くと、気味悪がられないかな」

「それはそうでしょう」

富樫の言葉に、若い刑事が思わず反応してしまって、ぎろりとにらまれる。しかし、開けてもらわないことには、計画が実行できないのだ。

「困ったなあ……」

その時、スピーカーからものすごい音が飛び出した。何かが割れたというか……ぶつかったというか。

と同時に、座卓に向かっていた直が背後を振り返る。台所がある方だ。

「……落ちました……多分……」

「ぶたぶたさん、しゃべっちゃダメだ!」

富樫が、スピーカーに向かって叫んだ。直後、ふっと振り向き、ちょっと赤くなった。

スピーカーからのがさがさと耳障《みみざわ》りな音が、より高くなる。それがやがて小さく聞こえなくなった時、ようやく計画の第一関門をクリアしたことがわかった。

「……うさぎ……？」

スピーカーから別の人間の声が聞こえる。

「やったーっ」

アパートにいた刑事たちが、一斉に小さくガッツポーズをとった。しかしまだ、先は長い。

窓から見えるところに、ようやく直が戻ってきた。ぶたぶたを抱えている。

しかし、目的の場所である赤ちゃんの枕元からはほど遠い、座卓の上に置かれてしまう。

ちなみにぶたぶたは、うさぎ耳のついた白い着ぐるみを着ていた。とある既製のぬいぐるみに着せてあったもの（これは友井佐智子が提供してくれた）を応用している。胸のベルクロを取り外し、超小型マイクと電池をその場所に取り付けたのだ。一見すると、ちょっと大きめのくるみボタンにしか見えない。栗原美佳特製のうさぎ変装セットだった。ただし、顔はぶたぶたのままだ。だから、正確にはうさぎぶただか、ぶたうさぎになっているのである。

「枕元に置いてくれって手紙に書いてあるのに……」

富樫たちが歯噛《はが》みをしている。これでは計画どおりに行かない。

富樫が考えた計画はこうだ。ぶたぶたは枕元に置かれている。薫が起きて、普通にしている時、直が近寄ってきたら、すかさずぶたぶたが「帰りたい」「自首をして」と言う――単純というか、おちゃめにもほどがある。確かに、薫本人ほど説得力のある交渉人はいないし、直も絶対に拒まないと思うのだが。

しかしぶたぶたの声は、やっぱりかわいい女の子の声――ましてや赤ちゃんの声とはほど遠いのである。仕方がないので、今日ここに来るまでの車の中で、一生懸命練習を積んだ。そんなに意識はしていなかったが、姿とこれほど似合わない声をしていたのか、と立川は愕然《がくぜん》としたのであった。

あまりに上達しないせいなのか何なのか、ぶたぶたは珍しく落ち込んでいた。非常に杜《ず》撰《さん》――というより、この時点で精一杯な計画であることは、ぶたぶたもよくわかっている。鈴木夫妻も、もうあきらめているという。赤ちゃんは戻るが、直との関係は修復できないだろう。

「ぶたぶたさん、枕元に行けっ」

富樫でなくても、ここにいる刑事たちはみなそう思っているだろう。ぶたぶたにとって、枕元に行くことは屁《へ》でもないが、動いたことをどう悟《さと》らせないか――。

スピーカーからは、直が叩《たた》くキーの音だけが響いてくる。テレビの音も聞こえない。静かなものだ。そして、薫は——。

「赤ちゃん、寝てますよ」

——寝ている⁉　何ということだ、起きるまで待たなくてはならないではないか。

直は、薫が眠ったことに気づいた。タオルをかけ直し、またパソコンに向かう。仕事をしているお母さんであるなら、最も集中できる時間のはずだ。そのとおりに、それから一時間半ほど、彼女はパソコンの前から動かなかった。

「立川くん」

重苦しい沈黙の中、富樫が小声でささやく。

「何でしょう？」

「ぶたぶたさん、あれ……」

そっと窓を指さす。座卓の上で、ぶたぶたが腕を前に突き出して座っている。

「起きてるの？　寝てるの？」

「……起きてると思います」

「——そうか。わかった」

ああやって寝ている時は、一応船をこぐらしい。訊《き》いてみたのだ。動かないから、起きているはずである。それに、普通だったらあんなふうに腕を突き出さない。疲れるから。

さっきから、富樫がちらちらこっちを見るから何かと思っていたのだが、これを知りたかったわけだな。

しばらく仕事に熱中していた直が、うーんと伸びをして、深呼吸をしている。一段落ついたようだ。しかし、薫はまだ起きない。

直は立ち上がり、台所の方へ行った。ぶたぶたの腕が、ぱたりと落ちた。

点目《てんめ》がくるっと窓の方に向く。

「……今、コーヒーか何かいれてるみたいです……」

「いいっ、向かなくていいからっ」

みんなで口々に叫ぶ。

聞こえているはずもないが、ぶたぶたは、視線を台所の方へ移した。しばらくそのまま動かなかったが、やがて腰を上げる。

「……枕元に移動します……」

自分で動いて、薫のところまで行かなくてはならない。

直に視線を送りつつ、そろそろと座卓を降りる。抜き足差し足で薫に近づこうとして——。

突然ぶたぶたがバッタリ倒れた。

「うおおっ、どうした⁉」

みなで焦《あせ》る。直が居間に戻ってきた。マグカップを持っている。床に転がったぶたぶたを見て怪訝《けげん》な顔をしている。彼と窓とを見比べて、首を傾《かし》げた。「風はそんなに強くないのに……」と思っているのだろう。

ぶたぶたは、また座卓に戻されてしまう。無念さが、スピーカーから伝わってくるようだ。何も聞こえないけど。

またしばらく、コーヒーを飲みながらの仕事が続く。薫も起きない。これでは、作戦を遂行《すいこう》することも無理なのか――と思った時、直の手元に置いてある携帯電話が、ぶるぶる動き始めた。彼女はそれを取り、何やらしゃべりだす。

「……お世話さまです……ええ……打ち合わせはいつになりますか……」

ぶたぶたのマイクを通して、声が聞こえる。どうやら仕事の話のようだ。長くなりそうと思ったのか、立ち上がり、また台所の方へ行く。

今度はぶたぶたに躊躇《ちゅうちょ》はなかった。即座に座卓から飛び降り、素早く薫の枕元に移動する。

しかし、どう見ても怪しい。こんな状況を見て、直はどう思うだろうか。やめた方がいいんじゃないか、と立川は思う。やっぱり無理がある。だって、赤ちゃんがしゃべるってこと自体、おかしいと直は絶対に思う。

「富樫さん――」

立川が声をかける。富樫は双眼鏡を押しあてたまま、返事もしない。

「富樫さん、もうこれ以上は――」

「赤ちゃんが起きましたよっ」

薫がいつの間にか真っ赤な顔をしていた。ぐずりだしている。

「……おおお、泣かないで……」

ぶたぶたの必死なつぶやきが聞こえてくる。手で、薫のお腹のあたりをぽんぽん叩いていた。しかし、スピーカーから聞こえてくるぐずり声は次第に高くなる。

泣いてしまっては困る。直が戻ってきてしまう。しかし今なら、ぶたぶたは脱出可能だ。網戸を開けて、ただ外へ出ればいい。そのあと、踏み込むのだ。

だいたい、泣いているのに赤ちゃんがしゃべったらもう、どうしようもなくおかしい。

薫は、ぶたぶたが顔を見せると、ちょっとだけ興味を示していったん静かになるが、すぐにまた自分の欲求を思い出す。そのくり返しだった。直はまだ台所にいるようだが――。

「ぶたぶたさん、もういい。撤収《てっしゅう》だ！」

ようやく富樫が言った。合図を送るが、ぶたぶたは見られない。ついに薫が高らかに泣きだしたからだ。スピーカーからものすごい音が流れる。怪獣の声のようだった。録音をモニターしていた刑事が、ヘッドホンを投げ出す。

当然、直が部屋に駆け込んでくる。その時ぶたぶたは、逃げるより先に、薫を抱き上げようとしていた。抱き上げる⁉　そんな、できるのか⁉　でも、そうとしか見えない行為に走っていたのだ。

　連れていこうとしていたわけではない。片手には、鈴が握られていた。ぶたぶたは、泣きだした薫をあやそうとしていたのだ。

　スピーカーからは薫の泣き声ばかりで、他には何も聞こえない。部屋に飛び込んだ直は、立ち止まってしまっていた。薫を膝《ひざ》に抱えるようにして、鈴を必死に振っている、うさぎもどきのぬいぐるみと、目が合ってしまったからだ。

「ぶたぶたさん！」

「まずいぞ、見つかった！」

「踏み込みますか!?」

「今なら気取《けど》られないですむかもしれない！」

「脱出はどのように合図したらいいんですか!?」

　アパートの中は大騒ぎになる。大の男がおろおろと、ベテランの警察官とは思えないうろたえぶりだ。

「ちょっと待ってください。ぶたぶたさん、何か言ってます」

　立川が言う。鼻がもくもく動いているのだ。

　薫の泣き声が、次第に小さくなる。まるで、ぶたぶたの声に聞き入っているように。

「……僕は、薫ちゃんを迎えにきました……」

薫の泣き声の下から、ぶたぶたの声が聞こえてきた。普通の声だ。

「しゃべってる！」

刑事たちは一斉に叫ぶ。きれいにハモった。

その時、直は本気で自分がおかしくなったと思った。今までも、まともではないと思っていたが、こんな幻《まぼろし》は見なかった。

いや……ある意味で当然なのかもしれない。ほんの少し、ほっとしている自分もいた。それは、薫が家に来て、初めての闖入《ちんにゅうしゃ》者だったからだろうか。

泣いている薫に、ぬいぐるみが必死に鈴を振っていたのだ。

そのぬいぐるみは、今さっき届いたばかりだった。昨日、理恵子が「送る」と言っていたもの――ついこの間まで、薫が寝る時に枕元に置かれていたというぬいぐるみだ。白いうさぎの着ぐるみを着ているぶたで、顔だけ古ぼけた桜色をしている。

ぬいぐるみは直に気がつき、びくっと耳を震わせてこっちを見た。鈴がぴたりと止まる。どうしてただの黒ビーズの点目なのに、焦っているってわかるんだろう。

「あ、あのー……」

しゃべった。ぬいぐるみが声を出した。鼻がもくもく動いた。

「すいません、あのー……」

ぬいぐるみは薫に膝枕《ひざまくら》をするようにして座っていた。頭上からの声に反応するように、薫の泣き声がおさまっていく。

「……僕は、薫ちゃんを迎えに来ました」

「え？」

「えーと、あのー……」

ぬいぐるみはしどろもどろで、説明しようと試みている。けれど、さっき鈴を振っている姿を見た時よりも、直は驚いていなかった。あれを見たら、しゃべるくらい当然、と思える。

薫は、何やらぶつぶつ言うたびに目の前で動くぬいぐるみの鼻や手に、泣くことも忘れて見入っているようだった。迎えに来たって？　まさか……本当に？

「頼まれたの？」

「……え？」

「理恵子たちに頼まれたの？」

ぬいぐるみは、一瞬動きを止めたが、しばらくしてまた鼻が動く。

「……いえ。僕が自分で行くって言いました」

よく聞くと、外見はこんなにかわいらしいのに、声はとても落ち着いていた。経験を積んだ男性の声だ。

「どうして？」

「理恵子さんたちは、苦しんでいるから……」

その言葉に、直はどんな感情を抱いたらいいのか、自分の気持ちがつかめなかった。怒るのなら理解できるけれど、苦しんで欲しかったわけじゃない。でも、私の苦しみ——悲しみを、わかって欲しかった。それをこんな形にしたのは自分の過《あやま》ちだけれど——。

「どうして理恵子たちが来ないの？　それに、どうしてこんなややこしいことする必要があるの？　警察に、早く言えばいいのに……だからビデオを渡したんじゃない」

「理恵子さんと国彦さんは、直さんに自首をしてもらいたがってるんですよ」

「そんなこと、いいのに……」

覚悟はできているのだから。

直は、床に座り込んだ。疲れ切っていることに、初めて気づく。息をするのでさえも、億劫《おっくう》だった。

ぬいぐるみは、黙りこくっていた。鼻をせっせと押している。どうしたのだろう。

「ごめんなさい……どう言ったらいいのか、わかんなくなってしまった……」

「迎えに来て、一人でどう連れて帰るつもりだったの？」

「いや……それは、直さんに連れてってもらわないと……」

「だめじゃない、それじゃ……迎えに来たとは言えないよ」

直に言われて、ぬいぐるみは少ししゅんとしたようだった。耳が下がる。

「それに、私が自首しようが何しようが、理恵子や国彦には関係ないと思う。私は単に、二人の子供を誘拐しただけだよ。そういうことした時点で、私はその犯人でしかない。二人だって、そう思ってるよ、きっと」

「それは違うと思います」

やけに確信に満ちた声で、ぬいぐるみが言う。

「そんなの嘘《うそ》だよ」

直はそんな言葉を信じられるわけがなかった。というより、自分の罪の重さには当然の報《むく》いではないか。

「じゃあ……会って確かめてみますか？」

胸の奥が、刺されたように痛む。心臓が急に速くなった。

「そんな……会わないよ」

誰が？　自分が？　それとも、理恵子と国彦が？　誰のことを言っているんだろう。

「自分で言わないと、だめですよ」

「でも、どうやって会うの？」

方法なんていくらでもある。そんなのわかってる。でも、どれもできない。勇気のない自分がいる。

「電話をしたら？」

直は首を振る。何度も。

「いやだ」

できてたら、とっくにしている。

「思っていることを、正直に言えばいいんです。帰すとか何とか、そういうことじゃなくて」

「いやだよ」

何も考えたくない。私は、この子と二人でひっそり暮らしたい。誰にも邪魔《じゃま》されたくない。このまま消えてしまいたい——。

電話が鳴った。身体《からだ》がびくりと飛び上がるほど驚く。薫を見ると、彼女はまた寝息を立てていた。出たくはなかったが、薫を起こしてしまいそうなので、仕方なく電話に出る。

「はい……もしもし?」

受話器から、予感していた沈黙が、ほんの少しだけ流れる。

「もしもし……理恵子です」

息が止まりそうになった。

「今……二人で駅前のホテルにいるの……」

理恵子の声も、今にも消え入りそうだった。

「来てくれる? 話したいことがあるの」

直の沈黙を、理恵子はどんな気持ちで聞くんだろうか。

「――警察がいるんでしょう？」

「いないよ。薫に誓って、絶対いない」

それなら……信じられる。理恵子はホテルの名前と、部屋番号を言う。でも……。

「行かないって言ったらどうする？」

「……待ってるよ」

「約束はできない」

「待ってるから……」

電話は、長いためらいののち、切れた。

「理恵子が、話したいことがあるから来いって……」

不安げに見ていたぬいぐるみに言う。

「行くんですか？」

「どうしよう……この子を連れていきたくないけど……一人にはできないし……」

ぬいぐるみは何も言わなかった。黙って薫を膝の上に乗せて、静かに待っているようだった。

「あんた……理恵子と示し合わせた？」

その言葉に、ぬいぐるみは驚いたようだった。

「そんなこと……こんなタイミングよくかけてくるなんて、できませんよ」

それもそうだ。理恵子がここの話を聞けるはずもない。

「どうしようかな……」

薫がようやく目をさまし、また泣き出した。お腹《なか》がすいたようだ。あやしているぬいぐるみから抱き上げ、ミルクをあげる。

ぬいぐるみは立ち上がって、薫の顔をのぞき込んだ。白い耳を、薫が目で追う。

「かわいいですね」

「そうでしょう？　理恵子によく似てる。美人になるよ」

また胸の中がかきむしられるように痛くなる。こんなぬいぐるみなんかじゃなく、理恵子に言いたい言葉だ。

……いや。前にも言った。確か電話で。その時、理恵子はどう思ったろう。どんな顔をしてたんだろう。薫がいないのに、そんなこと言われて――。

ひどいことを言ったなあ……。直の身体が、小刻みに震え始める。

薫のおむつを取り替え、よそ行きのおくるみに着替えさせた。押入れから、大きなトートバッグをひっぱり出す。理恵子の家から持ってきたものだ。あの日、薫のそばに置いてあった。

「直さん……」

「ちょっと行ってみる……帰ってきちゃうかもしれないけど。あんたも行く？」

ぬいぐるみは、しばらくじっと直の顔を見上げていたが、やがて首を振った。

「僕は、一人で帰れます」

「あんたは、このまま私がこの子を帰すと思ってるね」

それには答えない。

「せめて、玄関のとこで見送ってよ。私が見えなくなるまで」

「直さん……すみません。いろいろ言って……」

「ううん、いいの。誰かに言って欲しかった。そうすれば、すぐに帰そうと思ったの。でも、やっぱり意地っ張りだったよ、私。人間だったら、もっと強情になってたかも。あんたは、家でこの子を待ってなさい。もうちょっとかかるかもしれないけど、すぐ帰るから」

「あの……」

ぬいぐるみは、突然うさぎ耳のフードを脱いだ。大きなぶたの耳が飛び出す。右耳が後ろにそっくり返っていた。

「ごめんなさい、あの……」

「何で謝るの？」

謝らなきゃならないのは、私の方……理恵子たちだけではなく、他にも——。

「あんた、私に謝るくらいなら――」

「え？」

「私の両親に謝って。『こういう形で知らせてしまってごめん』って」

今まで自首しなかったのは、年老いた二人のことがあったからかもしれない。もう自分から打ち明ける機会はなくなるのだ。直ではない誰かから、二人は自分の息子のことを聞くだろう。その時、彼らは耳を疑わず、何を言われているのか理解してくれるだろうか……。

直は、ぬいぐるみに目をやった。彼はうつむいて、明らかに困惑している。その表情はとてもかわいらしいが、痛々しささえあった。私はいったい、何を彼に頼んだのだろう。そんなこと頼む前に、自分で言えばよかったじゃないか。彼は、ただのぬいぐるみなのに――。

「嘘だよ。そんなこと、頼まない」

ぬいぐるみは顔を上げた。

「誘拐したことが、他人から伝わるのはいい。でも、女になったことは、自分の口から言いたかったよ……。けど、それは虫がよすぎるよね」

「あの……」

「あんたのことは、忘れてあげる。誰も信じてくれないもんね。お父さんやお母さんだって、きっと」

直は家の戸締まりをし、恋人に電話をかけた。携帯の留守電にメッセージを入れてから、薫を抱いた。ぬいぐるみに背を向け、玄関のドアを開ける。

「出なさい。帰るんでしょ?」

ぬいぐるみが、外に走り出る。つぶらな瞳が、何か言いたそうだったが、これ以上しゃべるのは、直もつらかった。ぷらんと落ちた柔らかそうな手をつかむ。心地よくつぶれて、とても握手とは思えなかった。本当に幻のようだ。

「じゃあね。どうもありがとう。さようなら」

そう言って、振り返らずに、駅に向かって歩きだした。ちゃんと見送ってくれているだろうか。

指定されたビジネスホテルに入ると、ロビーのソファーに理恵子と国彦が座っていた。直を見つけ、腰を浮かす。周囲には、誰もいなかった。フロントにさえも。

理恵子と国彦の行動は、対照的だった。直を見た瞬間は、二人とも腰を浮かしたまま、凍《こお》りついたように動かなかったが、理恵子はすぐ直へ——薫へ駆け寄った。国彦はゆっくり立ち上がり、呆然《ぼうぜん》と直を見つめている。無理もない。彼は女性になってからの直を見るのは、初めてだったのだから。そんなことを考えているうちに、薫は直の手から理恵子へと移っていた。ひったくったようになってしまったからか、薫は泣き出した。国彦も、あわてて娘に駆け寄る。

これで終わりだ、と思った。直は、三人をぼんやり見つめた。高校の卒業式のことを思い出す。あの時から、彼らも自分と同じように歳月を重ねて変わったのだろうと思ったのだが——実際は、あまり変わっていなかった。二人とも少しやせて、だいぶ洗練されている。それだけだ。しかも、二人があれからずっと一緒だったと、よくわかるくらい同じに。

変わったのはたった一人、自分だけ——二人が直の方へ向き直った時も、初めて気づいたみたいな顔だった。それが、無性《むしょう》に淋《さび》しい。

理恵子も国彦も、何も言わなかった。ただじっと、何かを押し殺したように黙っている。どうしようもない沈黙しかなかった。薫の泣き声だけが響く。

「直《ただし》……」

国彦が口を開く。しばらくぶりで、その名を呼ばれたけれど、そんなに不快ではなかった。ひどく、意外だった。しかも次に漏れた言葉は、さらに予想だにしなかったものだった。

「直、ごめんな……」

……どうしてあやまるんだろう……？　そんな必要、どこにもない……。

理恵子が、一歩踏み出した。薫を奪われたまま固まっていた直の腕の中に、再び柔らかい身体が預けられた。直は、その重さに驚くとともに、無意識に腕を揺らして薫をあやす。

「……薫、ずいぶん重くなったんだね」

理恵子のかすれた声に、直は動きを止める。薫の両親は、二人でじっと直を見つめていた。責めている目ではなかった。信じられなかった。

「薫に、あたしたちのかわりをさせて、ごめんなさい……」

再び薫を見る。泣きやんでいた。直を見て、少し笑った。

「それは……私も同じだよ……」

かつての自分みたいな声が出た。昔はいやだったが、今思い出してみると、そうでもない、と思う。今とそんなに変わらない。

「この子を、あんたたちのかわりにしてた……」

一番うらやましかったのは、理恵子たちじゃない。彼らに愛される幸福に満ちあふれた、薫自身だったのだ。

直は二人に向かって、改めて薫を差し出す。親子三人、ようやくもとに戻った。

そのあと、少しだけ話をしたけれど、直はよく憶《おぼ》えていない。ただわかったのは、今までだって、ずっと春は訪れていた、ということだ。今年初めて迎えた薫と同じ、まぶしい光あふれる桜色の時間が。

それは、これからだって、多分変わらないのだ。

第十章
幻のぬいぐるみ

薫を鈴木夫妻に帰した佐藤直は、その足で駅前の交番に出頭した。ほどなく所轄警察署へ、そしてその日のうちに春日署へ移送される。直の恋人も、夕方には出頭してきた。薫は一応、病院で検査を受けたが、健康そのもので、親子は三人、ようやく自宅へ戻ることができた。

マスコミが春日署と鈴木家に押し寄せ、大変なことになっていた。立川は、ぶたぶたがカメラに映らないよう、上着に突っ込んで署に入らねばならないくらいだった。

これからもマスコミは好き勝手に書き立てるだろう。犯罪を犯したことは、確かにいけないことだが、それ以外に償《つぐな》うことは、彼女の場合ないはずだ。どうせ書くなら、それだけを書いて欲しい、と立川も、そしてぶたぶたも思っていた。

忙しいこともあったが、そんなこんなで表に出られない状態のまま、また夜中になってしまう。

「大騒ぎだったんですから。ぶたぶたさんが話しだした時」

富樫など、取り乱したと言ってもよかった。ぶたぶた相手じゃなきゃ、多分もっと冷静な人なんだと思う。

「勝手にやっちゃって、まずかったかなあ……」

直の家の前で車に乗せた時からずっと、ぶたぶたは少し元気がなかった。直を結果的にだましてしまったことを、気にしているらしい。

「でも、取り調べに彼女、やっぱりひとこともぶたぶたさんのこと、言ってないそうですよ」

一部始終は、マイクを通して、あそこにいた人間全員が知っている。島によれば、自首したきっかけを聞いても、

「耐えきれなくなって——」

と言っただけだという。容疑は全面的に認めている。

「忘れるって言ってたけど……」

「忘れるでしょうね。忘れられないでしょうけど」

それは多分、薫の誘拐と等しく、悲しくて幸せで、不思議な時間だったと思う。

「でも、彼女の中には、今ここにいる刑事のぶたぶたさんは確かにいないんですよ」

着ぐるみのゴムのあとがちょっとまだ残っているほっぺたを、ぶたぶたはさする。

「これで、あの電話まで芝居だったら、もう——」

「でも、あれは偶然じゃありませんよ」

「えっ？」

「あれは、こっちで鈴木さんたちに頼んだんです」

「えー、そうなの?」

「だから言ったでしょ、大騒ぎだったって」

ぶたぶたの「会って確かめてみたら――」という言葉を聞いた時、富樫はすぐさま、鈴木夫妻に連絡を入れたのだ。あの短時間で、渋る二人を気迫で押し切り、電話をかけさせた。

「そうか。タイミングがいいと思ったよ……」

感心したように言う。

「気がついてるのかと思いましたよ」

「まあ、薄々は――。でも、何言ったかよく憶《おぼ》えてないんだよね」

「桃子ちゃんに言ったのと、同じようなこと言ってましたよ」

「あ、そうだった?」

「それからぶたぶたさん、薫ちゃんを見て、『かわいいですね』って言ってたでしょ」

「ああ、うん。初めて見たから――ああっ!」

気がついたらしい。ぶたぶたは、薫の枕元にずっと置かれていたはずなのだ。

「あそこでバレるんじゃないかと、みんなでひやひやしてたんですから」

「……ま、終わりよければ――ってことで」

ぶたぶたは照れ笑いをしながら、ほっぺたをぽりぽりかく。ゴムのあとがかゆいのか？

「栗原さんだけは、何話しても喜んでましたけど」

「あの着ぐるみ？」

もう着ることはないだろうが。

「あれ、暑くてねえ……」

でも、あまりにもかわいいので、帰ってから女の子たちの前で着て見せたくらいである。

「何だか変な事件にばっかり、つきあわせてるねえ」

申し訳なさそうに、ぶたぶたが言う。

「はあ〜……でも、いい勉強になります」

諏訪の時はどうだったんだろうか。今度ゆっくり聞いてみよう。彼はまだ謎の多い男だ。

「それにしても、難しいね」

「何がです？」

「腹話術。結局二度も失敗したよ」

「ぶたぶたさんは、そういうぬいぐるみじゃないんだから、下手《へた》でいいんです」

「そうか……。それもそうだね」

ぶたぶたは、照れたように笑った。

捜査三係の開け放たれたドアがノックされる。富樫がふらりと入ってきた。

「ぶたぶたさん、どうもありがとう」

「いいえ、そんな……勝手なことをして申し訳ありませんでした」

「いやいや、こちらこそ無理を言ってあんなことになってしまって、本当にすみません。それだけでも言いたくて……」

今、富樫は、目が回るほどの忙しさだろう。記者会見をこれからやるらしい。その直前に寄ったようだ。

「佐藤の方からご両親に直接話す機会ができるまで、プライベートに関する話は警察から一切公表しないことにしたんだ。当たり前なんだけれども、今回は少し徹底することにした」

「あ、それは——良《よ》かったです」

ぶたぶたの顔が、明るくなる。

「マスコミへの対策を万全にして、なるべく早く機会が作れるようにしようと思う。容疑は認めているから、そんなに長引かないでできるはずだ」

すでに直の両親は、マスコミの情報が入らない場所で待っているらしい。

「記者会見、大変そうですね」

「ああ。まだそのことについては、知られていないみたいだけど——」

これからのことを考えてか、富樫の顔が少し歪《ゆが》む。

「立川くんも、いろいろごくろうさま。ぶたぶたさんとコンビを組んで長いの？」

「いえ、まだひと月ぐらいです」

驚いた顔になるが、やがて笑った。

「そうか。いい先輩を大事にしなさい。これ、差し入れ」

慌《あわ》ただしく富樫は出ていく。会議室の方が、急に騒がしくなった。立川は部屋のドアを閉める。

富樫の差し入れは、コンビニのサンドイッチと缶コーヒーだった。それでも腹ぺこの今はありがたい。コーヒーポットも空っぽで、粉まで切れていた。

「ぶたぶたさん、サンドイッチのおいしいお店ってないんですか？」

「うーん……ここら辺にはないなあ。原宿にあるよ。オープンテラスの店」

自分とぶたぶたがそこでお茶をしている図を想像して、ちょっとげんなりする。

「今度、思いっきり飲みに行きましょうね」

「そうだね」

「ぶたぶたさんの家にも行きます」

「うん、この間は残念だったよね」

くすくす笑う。祐輔の祖父に、ぶたぶたは会いたがっていた。

「じゃあ、コーヒーで乾杯するか」

二人でプルトップを開け、そっと缶を合わせる。久々に飲む缶コーヒーは、甘くて苦くて、何だかおいしく感じた。

ぶたぶたの家に、立川が再び訪れたのは、夏の終わりの頃だった。

休みが合わなかったり、用事があったり、何より忙しくて休み自体が少なく、二人がそろって休める機会がなかなかなかったのだ。

しかし、今日は待ちに待った約束の日。ちゃんと夕食にも招待してもらった。当然、桃子と祐輔も一緒だ。彼は、今度こそきちんと許可を取ってやってきた。一週間前からずっと、しかも毎日朝起きてすぐに、言い続けたそうだ。

相変わらず騒々しい二人だが、桃子はすっかり元気になって、夏休みの間に真っ黒になっていた。家族で海に行ったという。祐輔は反対に真っ白だ。

「いくら焼いても、すぐ冷《さ》めるんだよね。桃子がうらやましいよ」

今日のおみやげは、すいかだ。盆が過ぎるとたんに安くなるので、子供たちはお得な気分で大きなみやげを抱えている。立川は懲《こ》りずにワイン。この間の雪辱《せつじょく》戦なので、まったく同じものにした。

「じいちゃん、立川さんにもらってから、すっかりワイン党になったみたいだよ」

「そうなの？」

あれから、なぜか祐輔の祖父に気に入られたもので、何回か家に遊びに行っている。筋を通せば、基本的にきさくな人なのだ。ワインを持っていくと喜ぶのは、ポーズではなかったのか。日本酒とか焼酎《しょうちゅう》の方がいいのかと思っていた。ワインはお母さんが喜んでいるものとばかり。

「ワインって甘そうに見えるくせにすっぱいだけだから、僕は嫌い」

「あらあ、それがわかんないなんて子供だわ」

桃子がほほほ、と笑う。お前たちは未成年じゃないか。

「そんなこと言って、字はきれいになったのか、字は」

殺されるかと思うような目で、桃子ににらまれる。

「北京原人《ペキンげんじん》くらいには進化したよ」

祐輔が言う。同じようににらむが、彼は全然平気だった。

「あんまり教室に通ってないっていうじゃないか」

「だってー、祐輔厳しいんだもん」

意外に思うが、よく考えればあの頑固《がんこ》な書家の孫なのだ。血は争えない。

約束の時間は五時だった。学校はまだ夏休みだが、風にはもう秋が感じられる。蜩《ひぐらし》が遠くから聞こえた。東京で鳴くのを聞いたのは、何年ぶりだろう。

「今日の夕飯は何かなー。立川さん、聞いてないの？」

「うん。今日は内緒だって」

昨日のぶたぶたの話では、どうもぶたぶたの手料理だけではなく、奥さんのもあるらしい。大人のものはぶたぶたが、子供のものを奥さんが作るらしいのだ。

だいぶいろいろなことを想像したが、どれ一つとして固まったものはなく、思い浮かべるたびに、ぐにゃぐにゃと形を変える。どうしてもぶたぶた以外のあそこの家族の像が、見えないのだ。誰も教えてくれないし……というより、ちょっと訊《き》くのが恥ずかしいし。諏訪にだけは訊いたのだが――にやりと笑うだけで終わってしまう。その笑《え》みは、以前見たことがある。

あの時は、ぶたぶたが現れたのだ。今度はいったい何が起こるというんだろう。

「なあ……」

「何?」

「二人とも、ぶたぶたさんの奥さんと子供たちって、どんな顔してると思う?」

一瞬、二人がすごく真面目《まじめ》な顔になった。多分、ここに来る前に話し合っていたんだろう。気にならないわけ、ないじゃないか。

「あたしは同じぬいぐるみだと思うの」

「僕は人間。美人だと思う」

「違うよ。ぬいぐるみにもいろいろあるじゃん。きっとシュタイフのとかと国際結婚してんだよ」

「ぶたぶたさんって、日本のぬいぐるみ？」

「そりゃそうでしょ。日本語話してるもん」

「だったら、人間と結婚した方がいいよ。異種族間って方がかっこいい」

「じゃあ、子供はどうすんの？　っていうか、どんなんが生まれんの？」

二人とも、きりもなくしゃべり続ける。このまま、この二人は育っていくんだろう。ぶたぶたに見守ってもらえるなんて、なんて幸運なんだろうか。

自分の小さい頃に、あんな人がいたら良かったなあ……。

そんなことを思っているうちに、ぶたぶたの部屋の前にたどりつく。オートロックを開ける暗証番号を教えてもらったのだ。それだけでも、かなりの幸運か。なら、大人も悪くない。

インターホンを押すと、

「はーい」

女性の声がした。背後でくすくす、子供の声が聞こえる。

こんなかわいい声、ぶたぶたであるわけない。桃子と祐輔も、顔を見合わせて笑っている。表札には、ちゃんとぶたぶたと奥さん、二人の子供の名前が記されている。しかも、両方とも女の子だ。いかん、この間は気づかなかった。

「どうぞー」

ドアの向こう側からの声とともに、玄関が開いた。

あとがき

はじめましての方もそうではない方も、お読みいただきありがとうございます。

シリーズ第一作『ぶたぶた』に続き、第二作『刑事ぶたぶた』も再々刊です。

刑事編はシリーズ既刊（全部で十五作出ています）の中にちょくちょく短編を入れていますので、もし気に入ったら見つけて読んでみてください。この作品の登場人物もたまに出てきます。


こうしてたまに書いているように、刑事のぶたぶたは私のお気に入りです。

他のも気に入っているのですけれど、同じ職業もので短編を書き継いでいくというのが、他には（厳密に言えば）ないので。

もっと書きたいなあ、と思っても、話がうまくできないとなかなか……。

これからも少しずつ書いていく予定ではありますが、ミステリーって難しいです……。

お世話になった方々、いつものことながらありがとうございました。
それでは、次回作でまたお会いしましょう。

二〇一二年　晩夏

矢崎存美

矢崎存美 ぶたぶた（BUTA-BUTA）シリーズ

大好評！

著作リスト

『ぶたぶた』
（廣済堂出版　1998年9月、徳間デュアル文庫　2001年4月、
徳間文庫　2012年3月）

『刑事ぶたぶた』
（廣済堂出版　2000年2月、徳間デュアル文庫　2001年6月、
徳間文庫　2012年11月　※本作品）

『ぶたぶたの休日』
（徳間デュアル文庫　2001年5月）

『クリスマスのぶたぶた』
（徳間書店　2001年12月　徳間デュアル文庫　2006年12月）

『ぶたぶた日記《ダイアリー》』
（光文社文庫　2004年8月）

『ぶたぶたの食卓』
（光文社文庫　2005年7月）

『ぶたぶたのいる場所』
（光文社文庫　2006年7月）

『夏の日のぶたぶた』
（徳間デュアル文庫　2006年8月）

『ぶたぶたと秘密のアップルパイ』
（光文社文庫　2007年12月）

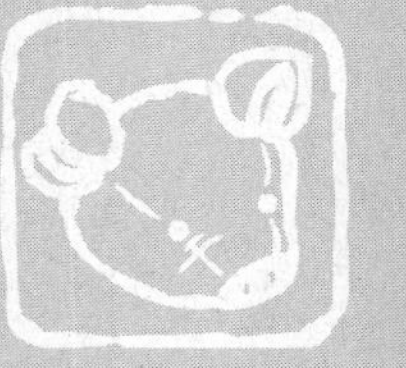

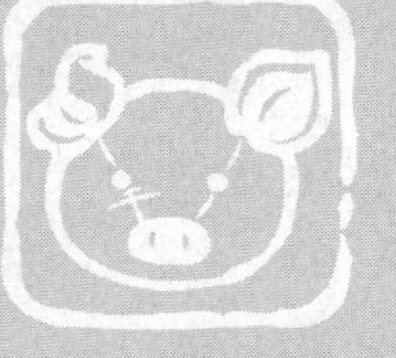

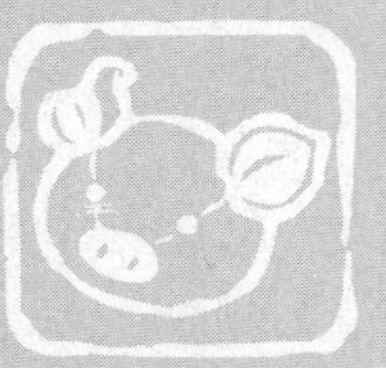

『訪問者ぶたぶた』（光文社文庫　２００８年12月）
『再びのぶたぶた』（光文社文庫　２００９年12月）
『キッチンぶたぶた』（光文社文庫　２０１０年12月）
『ぶたぶたさん』（光文社文庫　２０１１年８月）
『ぶたぶたは見た』（光文社文庫　２０１１年12月）
『ぶたぶたカフェ』（光文社文庫　２０１２年７月）

◆マンガ原作

『ぶたぶた』（安武わたる・画／宙出版　２００１年11月）
『ぶたぶた２』（安武わたる・画／宙出版　２００２年１月）
『刑事ぶたぶた１』（安武わたる・画／宙出版　２００２年11月）
『刑事ぶたぶた２』（安武わたる・画／宙出版　２００３年１月）
『クリスマスのぶたぶた』（安武わたる・画／宙出版　２００３年11月）
『ぶたぶたの休日１』（安武わたる・画／宙出版　２００４年１月）
『ぶたぶたの休日２』（安武わたる・画／宙出版　２００４年６月）

◆単行本未収録短編

『ＢＬＵＥ ＲＯＳＥ』（「ＳＦ Ｊａｐａｎ」／徳間書店　２００６年秋季号）

この作品は2001年6月徳間デュアル文庫として刊行されました。なお、本作品はフィクションであり実在の個人・団体などとは一切関係がありません。

徳間文庫

刑事《けいじ》ぶたぶた

2012年11月15日 初刷
2021年11月25日 4刷

著者 矢《や》崎《ざき》存《あり》美《み》
発行者 小宮英行
発行所 株式会社徳間書店
東京都品川区上大崎三-一-一
目黒セントラルスクエア
〒141-8202
電話 編集〇三(五四〇三)四三四九
販売〇四九(二九三)五五二一
振替 〇〇一四〇-〇-四四三九二
印刷 本郷印刷株式会社
製本 ナショナル製本協同組合

ISBN978-4-19-893627-3

徳間文庫の好評既刊

西條奈加

千年鬼

友だちになった小鬼から、過去世を見せられた少女は、心に〈鬼の芽〉を生じさせてしまった。小鬼は彼女を宿業から解き放つため、様々な時代に現れる〈鬼の芽〉——奉公先で耐える少年、好きな人を殺した男を苛めぬく姫君、長屋で一人暮らす老婆、村のために愛娘を捨てろと言われ憤る農夫、姉とともに色街で暮らす少女——を集める千年の旅を始めた。

精緻な筆致で紡がれる人と鬼の物語。